El enigma del náufrago

Una novela de aventura en el golfo de Guinea

Contemporánea
narrativa de aventuras

Nueve años posterior a la primera edición de esta novela, como si fuera un extraño conjuro entre la ficción y el futuro, sale a la luz el trabajo de análisis *-¿Es el golfo de Guinea la nueva Somalia?-* de Laura Rueda García; Doble Grado en Relaciones Internacionales y Comunicación Global (Bilingüe) por la Universidad Pontificia Comillas, publicado por el Instituto Español de Estudios Estratégicos (ieee.es) -Ministerio de Defensa- en su boletín [Documento de Opinión 66/2021, del 1 de junio de 2021].

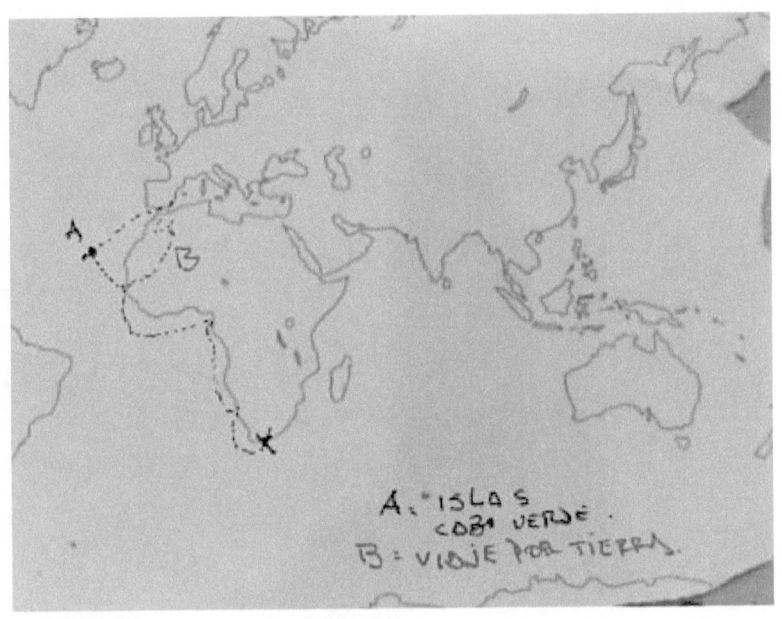

Ruta seguida por el velero Atocha.
Imagen cedida por el autor.

ALFREDO
BARSOTTI Y MARTINEZ

El enigma del náufrago

MONCRAYÓN
EDITORES

Título original *A la caza del Atocha*

Primera edición Luna de Marzo Editorial, Bs.As. 2013
Segunda edición *Moncrayon Publishers Group, 2022*
Edición corregida y aumentada, 2022

© 2013 Alfredo Barsotti y Martínez
© 2021 *Moncrayon Publishers Group, LLC.*
5250 Park NW 84 Ave. Suite 1412
Miami, Florida 33166

Editor General: Antonio Dueñas

Imagen de la cubierta:
Ivan Konstantinovich Aivazofski, (1866/1898) Rusia.
©Ilustraciones de interior Alfredo Barsotti.

MoncrayonEditores@yahoo.com
Arbym@hotmail.com
LunademarzoEditorial@gmail.com

ISBN: 978-1-7375326-4-4

Impreso en Estados Unidos. *Printed in USA.*

A los que sufren la humillación de
ser tratados como esclavos.

I

L a noche estaba limpia, estrellada; el mar, casi inmóvil, era un espejo negro habitado por destellos. Luciérnagas detenidas en la inmensidad de un cuadro novelesco. Una simple extrañeza parecía ceñirlo todo: la vista se confundía entre el suelo y el cielo, en un sorprendente juego de interposición de lugares.

Entretanto, el velero se bamboleaba tímidamente sobre sus bandas, de estribor a babor, según fuera la posición en la que yo me recostaba. Tan imponente era la calma que el sólo respirar ya era capaz de modificar el estado de la embarcación.

Todos dormían. Algún ronquido ostentoso y ronco del abuelo, desde cubierta, era lo único que alteraba el oscuro silencio.

Las vueltas de la hamaca que había colgado desde el palo mayor hacia el cabestrante de cola competían con el suave vaivén que, ya como un entretenimiento, yo me había empecinado en hacer con el velero. Abstraído en mis pensamientos, tardé todavía un momento en advertir que mecerme a los lados, desde la posición del timón, se había vuelto cíclico.

Debo haberme dormido con ese suave movimiento ya que, de pronto, me despertó un calor en la mejilla.

Abrí los ojos: algo que me pareció una inmensa naranja empezaba a romper el tibio azul de la bóveda celeste.

Como si el tiempo hubiera perdido toda dimensión, el ascenso de tan magnífico color se volvía cada vez más veloz y, a medida que subía, más intenso se hacía. Las luciérnagas inmóviles ya no estaban; el profundo brillo de la noche se había tornado un azul intenso que, con el sol y su aparición, se cubría de franjas doradas, primero, y rojizas, después.

Ya incorporado de la reposera en donde, ahora estaba seguro, me había quedado dormido, comencé a ver que las franjas rojizas tenían un trémulo movimiento: a medida que cambiaban su color, parecían desplazarse, acompañando en su compás, monótono e imperfecto, el suave deslizarse del velero, que ahora sí se movía en forma independiente.

Lentamente, empezaron a aparecer en cubierta María, Elis y Federico, que se desperezaban sin advertir la imponencia del amanecer. El abuelo, a quien no había visto descender, se acercaba con su taza de café y una galleta marinera.

La bandera del mástil mayor ya contaba con una suave ondulación que la mecía tímidamente hacia un lado. El aerógrafo que se encontraba a mitad del palo mayor empezó a girar cada vez más rápido; la bandera ya no se mecía, su movimiento era ahora tan airoso que se dejó oír un suave chasquido que compitió con la ronca voz del abuelo y su exclamación:

—¡Ya era hora!

El sol dominaba la escena por completo. En cubierta, todos sentíamos cómo el ATOCHA estaba presuroso por comenzar nuevamente su derrotero, después de dos días de calma, sin el más mínimo viento.

Ya con más decisión, empezó a soplar de barlovento, y entonces me percaté de que, absorto como estaba, nada había hecho para modificar la cansina modorra de los días anteriores.

Pedro, el abuelo, fue el primero que ordenó

–Elis, a la vela mayor; María, querida, suelta los cabos de cola; Federico, al timón, con rumbo al naciente –y, finalmente, dirigiéndose a mí–; Carlos Alberto, a trabajar sobre los cabrestantes de proa.

Todo fue al unísono, y nosotros, como verdaderos reclutas automáticos, respondimos a las indicaciones de Pedro.

Habían pasado pocos minutos y el ATOCHA comenzó a romper las pequeñas olas y a dejar una suave estela por popa. El chinchorro que había quedado atado sobre popa, con el que ayer habíamos estado pescando, se bamboleaba sobre sus lados y rivalizaba con una estela menor a la producida por su antecesor.

Terminadas las labores de puesta en marcha de la navegación, María bajó y se hizo cargo del desayuno. Yo, mientras tanto, comencé a trabajar para limpiar y ordenar el rumbo preciso que nos acercaría al puerto que habíamos escogido.

Pedro se encontraba en la proa, atando algunos cabos y cortando algunas postas para usar de carnada a media tarde, su hora preferida para pescar. Ensimismado en su tarea, parecía no importarle el spray de las olas que a veces le llegaba hasta la cabeza porque, si bien la marcha del ATOCHA no era a toda vela, el aumento del viento llevaba a que, de tanto en tanto, esto sucediera.

En los días anteriores, lo habíamos notado melancólico. Aunque en buena parte de la jornada era la voz cantante del navío, en otros momentos parecía perderse en los pensamientos de su vida reciente. De familia de marineros, supo aprender el oficio de su padre y de su abuelo, no sólo en el arte de la navegación, sino en la dura tarea del pescador de altura. Toda su vida la había pasado entre las artes del mar y sus oficios. Cuando conoció a Madelain, quien luego sería su esposa, aprendió también el arte de la industria naval. Eso le permitiría, se dijo, pasar más tiempo en tierra y compartirlo con ella. Pronto vinieron los hijos y, con más rapidez aún, los nietos. Sin embargo, ello no impidió que, a lo largo de su extensa vida, tocara muchos puertos del mundo. En su juventud, ya casado, acostumbraba repetir una ceremonia: del brazo de su esposa, observaba cómo partían los barcos desde su pueblo natal. Madelain, que comprendió el esfuerzo que él hacia por su amor, lo alentó para que hiciera una serie de viajes trabajando en barcos de altura y, así, visitara otros puertos. Pero la llegada del primer hijo lo cambió todo y, entonces, aquel amor por el mar se volcó en la construcción de pequeños navíos, emprendimiento que lo llevó tanto a la cimentación de su patrimonio como a la solidez de su amor.

Federico había dejado el timón en mis manos durante buena parte de la mañana, casi hasta la hora del almuerzo. Elis se hallaba abstraída en la lectura de su libro sobre la epopeya marítima de Simbad, por más que nos hubiera dicho que no podía explicarse cómo una novela de ese tipo podía interesarle tanto.

Cierta alerta temprana del sistema meteorológico me impacientó y se lo hice saber a Pedro quien, con el ceño fruncido, parecía asimilar la comunicación.

La tarde ya estaba cercana al ocaso, y esa gran bola amarilla que buena parte del día había estado por sobre nuestras cabezas, ahora caía sobre el mar, con la misma velocidad con la que había ascendido en la mañana. Muy a lo lejos, y contrario a este descenso, se empezaba a percibir una mancha negra en el confín del horizonte. El viento había cambiado de dirección y su velocidad, según el aerógrafo, se había acrecentado unos pocos nudos. Pedro me pidió que verificara el rumbo y estableciera las coordenadas del caso, a la vez que llamaba a María.

–¡María, mujer, ven!

Sólo un llamado fue suficiente para que ella interrumpiera la película que miraba junto a Elis. A esa hora, las labores de la jornada se hacían más apacibles y ello permitía la distracción de los que no estaban atareados.

La cabellera rojiza ascendió por la escalerilla de la cabina. A medida que pisaba la cubierta, sus manos se cerraban alrededor de un jarro de café. En tanto, surgía en su rostro una sonrisa con un toque de inquisición acerca del motivo que la había obligado a abandonar su esparcimiento.

–Hay que comenzar a asegurar los cacharros y las cosas sueltas que encontréis en la cocina y los camarotes, guardad botellas y demás objetos que puedan ocasionar algún problema –dijo Pedro con su ronca voz–, que Federico se encargue de verificar que las provisiones del día se encuentren amarradas y, en lo posible, que la cena que se prepare sea rápida. Que Elis se ocupe de preparar café y lo ponga en los dos termos. Probablemente, tendremos una tormenta a media noche.

Dicho esto, pidió el mando del timón.

–Carlos Alberto, hijo, asegúrate de confirmar nuestras coordenadas e informa a puerto que nos preparamos para una tormenta. Que cada uno se coloque la ropa impermeable y, cuanto antes, hay que asegurar el bote salvavidas. Tú controla el equipo de seguridad y todos estos avatares, y veamos cómo evoluciona el tiempo. Duerme tú primero, yo tomaré la guardia inicial. Que María y Elis se turnen para escuchar las alertas del servicio meteorológico.

Pedro había sido un hombre atractivo; tal vez, incluso, el más requerido de su pueblo. Pero un día una turista llegó a las costas de su pueblo natal, lo encandiló y él quedó prendado de por vida. Con dos hijos (yo, Carlos Alberto, y Josefina, mi hermana), disfrutaron de esa familia que muchos envidiaban. Nosotros, de algún modo, habíamos heredado la sabiduría de nuestros padres para elegir pareja, y contrajimos matrimonio con dos personas excelentes: yo con María, y mi hermana con Vittorio.

La inmensa naranja se fue hundiendo en la inmensidad de la tarde; ahora, apenas se veían algunos resplandores y haces rojizos, que comenzaban a contrastar con el verde del mar, que cada vez se tornaba más oscuro. La bóveda pasó de una penumbra solitaria a estar plagada por miles de destellos tintineantes, que se confundían cada vez más con la amalgama de verdes, azules, naranjas y restos de otros azules entonados de grises. Eran capas que, a medida que perdían el fulgor, se transformaban en un azabache que ocupaba toda la superficie de esta escena.

Sin embargo, hacia el otro lado, la franja oscura había ganado más altura en lo profundo de la noche. Aparecía, cada tanto, con grises parduscos que se iluminaban con centelleos de luces en el fondo.

II

Ahora, el ATOCHA navegaba enseñoreado sobre las crestas de las olas que, a cada momento, salpicaban su cubierta. Las luces de navegación encendidas parecían alargar los reflejos de cada banda: las de babor, rojo punzó, eran como gotas de sangre que se diluían en cubierta, mientras que las de estribor, verde refulgente, se descomponían en un ramillete de piedras preciosas que golpeaban sobre las velas de la embarcación.

La clara luz del mástil mayor semejaba un rayo que, de a ratos, pegaba sobre el puesto de mando y que, al hacer juego con las luces de popa, iluminaba toda la humanidad de Pedro. Así, podía vérselo como a un gigante que lleva a la batalla al bravo navío, empecinado en romper las olas que el mar, cual inmenso caballero alado, le ponía por delante; endemoniadas olas que a cada instante rompían una y otra vez.

Ya muy entrada la noche, y como sólo había podido dormir un rato, en forma casi inconsciente me abrigué y me dirigí a tomar mi turno en el timón para reemplazar a Pedro. María, boca abajo, parecía dormida y totalmente ajena al movimiento vehemente del velero y su pelea contra las olas.

Desde hacía un par de horas, el ronroneo de los motores se escuchaba en las sombras; afuera, el viento y el spray de las olas cantaban la música del mar embravecido, mientras el seco ruido de alguna ola más fuerte sonaba en los ojos de buey de la embarcación que, hasta el momento, soportaba estoicamente los embates.

Ya con la ropa impermeable, el salvavidas y un fino guante de lana con pequeñas motitas de plástico en la parte de las palmas, tiré de la mampara de ingreso y, enfrentando la fría noche, salí a cubierta.

Como si se tratara del bautismo de la travesía, los restos de una ola que rompió en cubierta mojaron mi cara. Con decisión, seguí de frente tomándome de las cuerdas de babor y llegue hasta el timón.

Pedro me miraba, sonriente y feliz; él se hallaba en medio de aquello que le era propio. Con su pipa en los labios, era la imagen misma del marinero duro y experimentado. Muchas veces, cuando se terminaba la construcción de un navío, él era quien primero pasaba un par de días enteros recorriendo palmo a palmo cada rincón de la nave. No había detalle que se escapara a esos ojos parduscos, conocedores. Eran la puerta de entrada a su ser; en ellos se reflejaban la tristeza, la alegría o cualquiera que fuese el estado de su ánimo.

Al nacer yo, comentaba mi madre, él se sintió el hombre más feliz de la vida. Aquel que dejó lo que más amaba después de ella, el mar, y se dedicó de lleno a buscar una actividad que le permitiera permanecer en tierra pero que no lo apartara de su esencia.

Heredero único de los dos barcos de pesca de altura que habían sido de su padre quien, a su vez, los había recibido de su propio padre, no dudó un momento a la hora de venderlos en pos de formar una empresa de construcción de navíos, la que se asentaría en su pueblo natal. Ninguna de las personas afectadas a estos buques se quedó sin empleo. Sabedores de la vida en el mar, no les costó adecuarse a las nuevas pretensiones que su ex-patrón les ponía al alcance de las manos. Es más, muchas familias se lo terminaron agradeciendo doblemente, primero por el trabajo, y luego porque gran parte de ellos eran ya gente mayor y, entonces, su estancia en tierra fue bien acogida.

Conservó, sí, los bosquejos que eran de su padre: un par de veleros con líneas antiguas, pero con prestancia moderna. Esas fueron las embarcaciones que se abocó a fabricar en un primer momento. Todo su resto económico lo puso en este emprendimiento. Cuando ya faltaba poco para finalizar el primer modelo, tuvo su primera alegría y la seguridad de que, como en el mar, no había equivocado el rumbo.

El dueño del primer velero que estaba realizando, en una de sus últimas visitas, llegó acompañado por un enamorado de la navegación a vela. Este hombre, al ver tanto la calidad de los materiales como las antiguas líneas de la embarcación y el modo en que se habían resuelto los temas de modernización, decidió que, de inmediato, se comenzara la ejecución del segundo modelo que Pedro conservara de su abuelo.

De allí en más, el éxito estaría asegurado. Al primer año del emprendimiento, sus programas de construcción estaban acordados casi por tres años. La incorporación de un profesional del diseño y las artes marinas no sólo benefició el proyecto sino que sentó las bases de una relación que, con los años, uniría a las dos familias. Don Hernán Biasotti, a la postre padre de Vittorio, fue quien coadyuvó en la radicación definitiva del importante astillero.

Pedro golpeó su pipa sobre la palma de la mano y se arropó los hombros con la capucha. Como si de repente hubiera querido que la llovizna mojara toda su humanidad, me cedió el timón y me indicó la corrección del rumbo. Con un gesto, me dio a entender que dejaba la cubierta pero, antes de correr la mampara, se volvió y me dijo:

–Dos horas, solamente. Después te reemplazará Elis, ya tiene edad y responsabilidad para estas situaciones. Además, creo que hacia la madrugada la tempestad estará en su apogeo, y entonces será necesario que ambos estemos en cubierta.

Con estas palabras, se perdió bajo cubierta.

Me extrañó que la dirección que me indicara tomara el viento sesgado hacia babor. Él siempre me decía que, ante una tormenta, siempre era mejor enfrentarla de cara al viento. De todos modos, su rápida desaparición no me dejó opción para preguntar.

Me quedé pensando en que un derrotero de este tipo nos acercaría en menos de seis horas a las costas de Dakar y nos alejaría de las islas de Cabo Verde, destino que habíamos proyectado en el inicio del viaje. Un leve escozor corrió por mis espaldas, ya que era un tema que habíamos hablado, habida cuenta de los rumores de piratería por la zona de Sierra Leona y Liberia.

Hacía ya tres días y medio que habíamos cruzado el Trópico de Cáncer, y casi dos que una calma en los vientos nos había tenido casi reducidos a unas pocas millas con motor. Con casi sólo doce horas a vela podríamos situarnos en una ruta inmejorable para acercarnos a las islas de Cabo Verde y recuperar el tiempo perdido. Además, desde estas islas, la idea era trazar una línea recta hacia Luanda y, de allí, seguir en paralelo al continente hasta Cape Town. Allí, sería la parte final de nuestro recorrido, aunque final a medias, ya que, cuando emprendimos esta aventura, la idea era circunnavegar África, volver por el canal de Suez y llegar de regreso a España.

Casi en el final de la segunda hora de mi turno, la tormenta parecía haber amainado un poco. Pronto me relevaría Elis, y eso me pareció bueno. Si bien ella había salido varias veces a navegar en compañía de amigos, lo había hecho al resguardo de las soleadas aguas del Mediterráneo, y casi siempre con las costas a la vista. Con sus 27 años, era una persistente muchacha en lo relativo al mar y, si bien solía ayudar en algunas cosas de la empresa familiar, su pasión era la biología marina. En sus pocos años como profesional, supo ganarse el respeto de sus colegas, y su recién estrenado doctorado en el tema la colocaba en la cúspide de su carrera con proyectos de envergadura, uno de ellos financiado por la Corona española. Por eso, este se convertiría en su viaje de despedida de la compañía familiar, al menos por los dos próximos años. Soltera, con algún que otro fugaz romance, su verdadero amor estaba en su carrera y esperaba poder disfrutar de sus sobrinos cuando los tuviera. O, al menos, era lo que ella siempre decía.

Tan abstraído estaba en mis pensamientos acerca de futuros nietos inconclusos, que no me percaté de que la tenía a mi lado. Enfundada en sus pilotines amarillos y su chaleco salvavidas naranja, llevaba el cinto de seguridad que su abuelo Pedro le hacía colocar cuando el ATOCHA navegaba en aguas turbulentas. Desde chica, había adquirido la sana costumbre de colocarse el cinturón, que era como un arnés de seguridad que se sujetaba a una liga y, desde allí, al cabo más cercano a ella. Llevaba puestas unas antiparras transparentes, seguramente para que sus lentes de contacto quedaran protegidos de la lluvia. Con su infaltable humor, hizo bromas, mediante ademanes, de cómo soplaba el viento. Le cedí el timón y me apresté a bajar para tomar algo caliente.

Fue en ese instante cuando divisé como una tenue luz titilante por estribor. Me pareció tan imperceptible que me costó mirar nuevamente, y ya había llegado a la conclusión de que había sido una ilusión mía, cuando nuevamente la percibí.

Desistí de bajar pero, tomándome de los cabos y de una cuerda atada al mástil mayor, me asomé por donde el ángulo de cubierta era más ascendente, y allí la vi, ya en forma definida. Bajé entonces inmediatamente y llamé a Pedro. Le dije acerca de la luz que había divisado, y no pareció sorprenderse. Me comentó que él también había creído verla y que, por ello, luego de dejar cubierta, había llamado por radio al faro que correspondía a nuestro curso. Allí, le habían manifestado que en la zona no se hallaba embarcación deportiva declarada, y que los dos cargueros que podrían ubicarse en nuestra ruta estarían a uno y dos días de alcance. Antes de que le dijera nada, respondió a mi pregunta, que no había formulado, cuando abandonó el timón.

—Por eso decidí que la dirección fuera hacia la costa neta de África y no hacia las islas. La piratería moderna se especializa en buscar navíos que se acercan a las rutas tradicionales, en este caso las islas. Si se tratara de algo de esto, el itinerario que llevamos modificado nos alejaría de semejante posibilidad y, además, con la absoluta tranquilidad de que, a lo sumo, perderíamos un día. Luego, podremos recomponer nuestro curso para acercarnos por el sur, y no por el norte, a las islas de Cabo Verde.

Con esta aclaración, quedé más que satisfecho, aunque sintiéndome un poco torpe, por dudar de la decisión de Pedro, mi padre, en este tema.

Pedro. De chico me acostumbré a referirme a él por su nombre, ya que las veces que mi madre lo llamaba lo hacía de este modo y, desde entonces, me quedó grabado el hacerlo así. Además, para él era mucho más orgullo sentirse nombrado de esta forma, y no con el clásico papá, al que lo tenía acostumbrado Josefina, mi hermana.

No habían pasado dos horas cuando todos sentimos que el motor se había detenido. Nos extrañó y se puede decir que incluso nos asustó, ya que, en el tiempo en que Elis gobernaba el timón, habíamos subido en forma alternada con Pedro para ver si la luz se acercaba.

Pedro le pidió Elis que bajara, le dijo que él tomaría el timón. Yo, por mi parte, me dirigí a la pequeña sala de máquinas, en donde se alojaba un poderoso motor G M, muy bien marinizado, que era la envidia de cualquier embarcación. Nunca antes se había detenido en travesía, siempre había mantenido su eficacia. Por eso, en este caso, era una doble preocupación: primero, porque jamás había sucedido; segundo, porque nos dejaba sin gobierno en medio de una tempestad.

Una rápida mirada me devolvió el alma al cuerpo: una bolsa con pertrechos de pesca había sido la causante de la parada. Se había desprendido, seguramente ya hacía un buen rato, de su lugar en un anaquel y, en un vaivén del velero, había ido a parar sobre la toma de aire del gobernador del motor. Conclusión: este se detuvo.

Repuesta la abertura de la toma, reinicié el motor, que arrancó al instante. Desde arriba, Pedro le dio dirección y gobierno nuevamente al ATOCHA.

Subí a cubierta, desde donde se advertía ya una débil claridad. Eso me tranquilizó un poco porque sabía que, con el correr de las horas y la ayuda de los prismáticos, podría averiguar el origen de la luz titilante que me preocupaba.

Me quedé con Pedro para, juntos, campear el temporal que desde hacía unos instantes se había tornado más tempestuoso. Recorrí la cubierta amarrado a unos cabos y, sujetándome con firmeza en mis desplazamientos, aseguré los extremos de las velas y amarré nuevamente algunos que empezaban a soltarse.

Cuando regresé a la base del timón, el viento amainó de repente y una persistente llovizna empezó a caer.

Tomé el timón cuando advertí que mi padre intentaba prender su pipa con una mano. No es que no pudiera, incontables veces lo había visto hacerlo, pero la noche, muy larga, había dejado algunas secuelas en el viejo lobo. Agradeció el gesto, cargó su pipa, la encendió y se quedó sentado un momento en la base del timón, mirando de soslayo la brújula que, con su tenue luz verde, parecía una esmeralda rodeada de militantes perlas del mismo color; perlas que se transformaban en gotas y recorrían su rededor para perderse por su base rumbo a cubierta y, de allí, al profundo mar.

–Voy por café –me avisó–, creo que lo podremos tomar sin sobresaltos mientras termina de amanecer.

–Me parece bien –contesté– y, si quieres, trae los binoculares o, mejor aún, el catalejo.

Asintió con la cabeza.

Al rato, subió a cubierta Federico, encapuchado en una campera de nylon gruesa y, como era su costumbre, sin salvavidas. En su mano izquierda, una taza humeante de café. Abrió su campera y sacó un sándwich que partió en dos. Dejó su parte sujetada entre los dientes y, mientras intentaba engullir una mitad, me ofreció la otra. El café, que todavía conservaba en la mano, lo extendió hacia mí. Algo dijo, o masculló, más precisamente. Tragó como pudo lo que parecía su último bocado de alimento y ensayó unas palabras.

–El abuelo –dijo– está hablando con alguien por la radio y, apenas termine, viene con el catalejo.

La aurora ya era un hecho y, con ella, el viento y la llovizna parecían alejarse. Entonces, vi que Pedro subía a cubierta con las manos vacías. Tras él, venían María y Elis.

–¿Qué pasa? –pregunté– ¿Y el catalejo?

–No va a hacer falta, al menos por ahora –explicó Pedro–, se comunicaron desde el faro de Dakar.

Recibieron un pedido de auxilio de una embarcación pequeña, a ocho millas de nuestra posición y, como no hay navíos en la zona cercana, nos piden que veamos si podemos ayudar. Al menos, mientras ellos organizan algún reconocimiento aéreo. Así que a trabajar. Volveremos a vela; buscaremos, durante el resto de la mañana, en las coordenadas que nos dieron y esperaremos que aparezca la ayuda alada.

Siempre me gustaron las maniobras de izar las velas. En nuestra familia, invariablemente había sido toda una experiencia. Como en verdad sabíamos que, para realizarlo, debíamos contar con dos personas más, Pedro había diseñado un sistema que nos permitía hacer el trabajo en menos tiempo y con sólo cuatro personas a bordo. Una vez que estaba asegurado el inicio de la navegación, se repetía el procedimiento únicamente con tres, y uno en el timón. Resultado: el ATOCHA ya navegaba a vela, reanudando en forma invertida el camino de la madrugada.

Una vez en el timón, mi mente comenzó a reflexionar acerca de lo sucedido la noche anterior. Ahora que había pasado la tormenta y todos dormían para intentar reponerse, pensaba en lo que el guardafaro nos había comunicado respecto de la inquietud de Pedro, cuando pidió informes por la luz titilante que habíamos visto. Si ellos no tenían conocimiento de que algún navío estuviera en la zona, cómo era posible que, de pronto, alguien hubiera solicitado rescate en medio de la tormenta.

Hacía casi una hora que desandábamos la ruta que habíamos recorrido en la tormenta. El sol comenzó a aparecer por entre huecos resplandecientes que las nubes dejaban; en algunos momentos, los rayos penetraban las débiles nubes cercanas a estos agujeros y se mezclaban por entre ellas, descendiendo al mar.

Mis cavilaciones me fueron orientando. Debería hacer sonar la campana de cubierta cuando se hubiera completado la cuarta hora de travesía; ese era el cálculo estimado de las coordenadas pasadas para el probable avistamiento de quien solicitara ayuda.

Sin embargo, mi memoria retenía la carta de navegación y esta no concordaba con la que, en teoría, nos situaba en el momento en que vimos las luces por primera vez.

Como la situación de la navegación me lo permitía, trabé la posición del timón y bajé a buscar una taza de café, tomé un juego de cartas y las llevé al puesto del timón. Allí, verifiqué el rumbo, lo comparé con el derrotero actual, hice una pequeña estimación y... Sí, algo no estaba bien.

Según mis cálculos, en una hora estaríamos en cercanías de la anotación del avistamiento de las luces, y faltaban todavía dos horas más para llegar al punto indicado por el pedido de auxilio. ¿Y entonces? ¿Qué estaba sucediendo? Acaso fueran dos embarcaciones diferentes las que se interponían, o una mala apreciación del navegante en problemas.

Giré para poner el velero en posición negativa a nuestro avance y, al momento de haber realizado esta operación, Federico asomó su cuerpo por cubierta.

–¿Qué pasa, papá? ¿Por qué viramos?

–¡Vamos a detenernos! –grité.

–Bueno, te ayudo. ¿Qué ocurre? No entiendo.

–Tengo dudas respecto del pedido adonde vamos, quiero confirmar primero con el radioperador y después veremos.

–Pero una demora puede estar poniendo en peligro vidas.

–Sí, pero si tengo razón, las que pueden correr peligro son las nuestras.

Todo el diálogo se desarrollaba mientras hacíamos las maniobras para que el ATOCHA se ubicara en posición inactiva frente al viento. Casi bamboleándose, tan solo, el navío, cuando se escuchó que todos subían a cubierta.

—¿Qué sucede, hijo? —inquirió Pedro.

—Es que, mira... Hice estas anotaciones, y una gran duda... Algo no está bien.

Le comenté, en ese momento, lo que había estado analizando. Le mostré las posiciones remarcadas con lápiz verde, la ubicación de las luces, nuestra situación en el momento del avistaje y el lugar hacia donde nos dirigíamos. Visto en la carta, hasta un inocente se daba cuenta del error. No habíamos reparado en ello anteriormente y nos habíamos dejado llevar por la simple solicitud de las coordenadas radiadas por el guardafaros. Bajamos con Pedro a la radio e intentamos comunicarnos con el guardafaros pero sólo nos respondía la señal de estática.

Repentinamente, una voz en francés pedía que nos identificáramos. Contestamos y recibimos como respuesta que ya conocían nuestra posición pero, cuando nos dieron las coordenadas, supimos al instante que verdaderamente algo estaba mal. Las coordenadas que nos radiaban los franceses nos situaban a 60 millas al sur de la posición en que habíamos recibido el pedido de rescate.

De pronto, oímos gritos de María y de Elis que nos asustaron sobremanera. A ellas se agregó Federico, que también gritaba.

—¡Hombre al agua!

Nos miramos y salimos de inmediato a cubierta. Elis, encaramada en el espolón de proa y a los gritos, hacía señas a alguien en el mar. Miré rápidamente y vi a María correr por el salvavidas y el cabo junto a él.

27

Federico había hecho arrancar las máquinas y enfilaba en contra del viento, hacia el náufrago. María le cedió el salvavidas a Pedro que, con un fuerte envión, lo tiró al agua.

La extraña, envolvente pero perfecta maniobra arrastró el salvavidas a escasos diez metros del cuerpo, que apenas flotaba en la superficie. Un hombre abrazado a lo que parecía un gran madero con una extensión en uno de sus lados, aparentaba tener cierta seguridad para mantenerse en la superficie, aunque la posición del cuerpo denotaba, a simple vista, que no resistiría mucho tiempo así.

Como los alaridos y las constantes sirenas que partían de nuestro lado no daban muestras de despertar al náufrago, me saqué las botas y me zambullí en el mar. Las olas parecían jugar conmigo, y el sabor salado de la espuma que rompía sobre sus crestas hizo que mis brazadas fueran cada vez más rápidas y enérgicas.

Cuando hube llegado al madero y pude aferrarme a él, me di cuenta de que flotaba gracias a su extraña forma, que no era otra que la de una gran cruz, con sus lados cortos exageradamente anchos y su extremo más largo que se hundía en la profundidad del océano. Eso lograba que el cuerpo sobresaliera por la superficie.

De a ratos, la negra cabellera del náufrago parecía hundirse en el agua. Lo tomé por sobre el hombro y lo di vuelta ya que, para ese entonces, contaba con el salvavidas que había lanzado Pedro. Me costó colocárselo y, cuando ya parecía que no podría hacerlo, advertí que Federico se había arrojado al agua y estaba a mi lado con otro cabo.

Entre los dos lo aseguramos y, desde el velero, empezaron a recoger para ayudarnos a llegar. Pedro, Elis y María hacían fuerza para subir al muchacho. Miré hacia atrás, en dirección del madero, y noté que este ya se había alejado lo suficiente como para volver a buscar algún indicio.

Para cuando subimos a cubierta con Federico, las mujeres habían arropado con frazadas al náufrago e intentaban reanimarlo. La cara de crispación que ambas tenían denotaba que el estado del hombre no era el mejor de todos.

Aparentemente no muy alto, de buena contextura física, pelo muy negro, facciones delicadas y una piel bronceada que evidenciaba cierta preocupación por el cuidado físico. Con las sales en la nariz, reaccionó escupiendo borbotones de agua y saliva retenida. Sus ojos se abrieron, rojizos por el contacto con el agua de mar, y un temblor se extendió por todo su cuerpo. Su instinto hizo que se quisiera recuperar mas, al no poder, se desmayó y, entonces, lo llevamos al camarote de popa. Nos quedamos con Pedro y Federico, lo desvestimos y lo envolvimos en las sábanas para taparlo y abrigarlo con frazadas secas.

Federico se ofreció para cuidarlo. Con Pedro, salimos y juntamos las pocas prendas que traía el náufrago consigo. Busqué en todos los bolsillos, y nada encontré. Elis acotó que la ropa era de buena marca, y María asintió, mostrando una zapatilla que el muchacho tenía.

Comenté con Pedro la extraña forma del madero en el que lo habíamos encontrado aferrado. Le dije, también, que no llegaba a deducir a qué parte de un navío podría corresponder.

María subió y, gritando, nos avisó que llamaban desde un buque francés. Inmediatamente, salimos con Pedro para contactarlos.

—Aquí, el ANATOLE, responda ATOCHA, responda… cambio —se escuchaba por el aparato de radio.

Fue Pedro quien contestó.

–Aquí, ATOCHA. Hemos recuperado un náufrago, masculino, edad aproximada 30 años, estado medianamente satisfactorio, sin heridas, cambio.

–Aquí, ANATOLE nos contactamos con guardafaros de Essaouira, manifiestan no haber radiado ningún pedido de auxilio, cambio.

Nos miramos, atónitos, y decidimos comentar al navío francés lo sucedido. Esta embarcación nos sirvió de enlace para una comunicación directa con la guardia naval de la zona y, entonces, en conocimiento de las circunstancias, nos ordenaron seguir hasta las islas de Cabo Verde. Una vez allí, se resolvería sobre la situación.

Elis, al mando del timón, cantaba en voz alta una de sus canciones preferidas, sin saber lo molesto que nos resultaba. Ella, con sus audífonos a todo volumen que tapaban cualquier sonido que la sacara del mundo musical en que estaba inserta, parecía no detectar nada más.

Promediaba la tarde y el sol hacía rato que había comenzado a desandar la otra mitad de la bóveda celeste. María se había puesto al frente del timón y, por momentos, conversaba con Elis que ahora tomaba sol sobre la base que contenía la torreta de la brújula. Pedro dormitaba, después de haber reemplazado un rato a Federico en el cuidado del náufrago, mientras que yo miraba las cartas de navegación y, cada tanto, controlaba que la dirección que imprimía María fuera la correcta. Para reforzar la velocidad del navío, habíamos izado todas las velas y enarbolado el foque.

Entonces, Elis nos hizo saber que Federico nos estaba llamando. Pedro se despertó de su modorra y, camino hacia el camarote de popa, descendió y... allí estaba el náufrago, recostado en la cucheta desde donde miraba fijamente a quienes íbamos entrando.

Pedro, casi sin terminar de ingresar, le espetó desde el segundo escalón:

–Por fin, muchacho, nos tenías preocupados. ¿Cómo te llamas?

Sin recibir respuesta por parte del rescatado, se acercó a la cucheta y nuevamente le preguntó, pero esta vez le tomó el codo para repetir la pregunta.

–Hombre, ¿cómo te llamas?, ¿qué pasó? Necesitamos saber tu nombre.

Todo esto de una vez, sin pausa alguna, y con el ánimo de recibir una contestación en forma inmediata. El muchacho lo miró fijamente y, sin detener su mirada, nos observó uno a uno a los que estábamos en el camarote. Se acomodó sobre sus espaldas y, despacio pero con seguridad, dijo:

–Necesito comer, por favor. Hace dos días que no lo hago, por favor. Después diré y contestaré todo lo que vosotros queráis pero, por favor, alimentadme ahora.

Me llevé las manos a la cabeza y, enroscándome los pelos, me di cuenta de que, en realidad, eso era lo que primero deberíamos haber hecho. A no ser por los sorbos de agua que le había dado María mientras lo arropaba en cubierta, nada había recibido.

Federico salió y entró de inmediato con un vaso de jugo de naranja, recién exprimido, que yo había dejado en cubierta.

Al instante, bajó María con el ceño fruncido y un inmenso sándwich en el que se notaba la abundancia de lechuga, tomate y los restos de pescado frito del mediodía. El muchacho se abalanzó en el acto sobre tan preciada presa, pero antes de hincarle el diente al primer bocado dijo:

–Por cierto, mi nombre es Amin, Amin Dipp.

Tras esta comunicación, comenzó a devorar lo que, a sus ojos, seguramente aparecería como un manjar. Nos quedamos unos instantes mirándolo y, al ver cómo desaparecía lo que nos había parecido tan inmenso, le dije:

—Bueno, toma tu tiempo. Federico te dará con qué vestirte; te cambias y te esperamos en cubierta.

Federico ya se había encargado de conseguir una muda de ropas que, en realidad, nunca faltaba en ese camarote. La mayoría de las veces en que salían a navegar sus amigos y su hermana, quedaban prendas que luego nadie reclamaba y, entonces, siempre había en existencia todo tipo de remeras, shorts de baño y demás, en diversos talles y medidas.

Con sus 25 años recién cumplidos y los estudios universitarios a punto de terminar, su futuro siempre había sido promisorio. La carrera de Ingeniería Naval que siguió por consejo de mi hermana Josefina la dejó trunca por un año, y hacía solamente unos meses que la había vuelto a tomar con decisión. Dueño de un intelecto sin igual a la hora de vislumbrar una reforma o un nuevo modelo naval, su experiencia siempre estuvo relacionada con el diseño.

De pequeño y luego de joven, solía pasar muchas horas con el padre de Vittorio. Él le supo inculcar ese arte de las líneas puras, sobrias, de los barcos antiguos, y a combinarlas con las clásicas del modernismo y las de la actualidad. Tras morir el Chelo, como Federico le decía a Hernán Biasotti, él supo ganarse el respeto de la gente del departamento de diseño, al hacerse cargo de las labores inconclusas que dejara su antecesor, ante una muerte imprevista por un accidente automovilístico.

Su dedicación a la empresa era tal que, muchas veces, María solía decirle que resultaba enfermiza y que debería ser más sociable y, en lo posible, conseguir rápido una novia, casarse y darle nietos.

Su físico era el fiel reflejo de su abuelo: alto, con una espalda ancha y cintura delgada; los brazos, musculosos;

el cabello, castaño claro, enrulado, solía caer, libre, sobre sus hombros, y con un solo movimiento de los dedos lo colocaba asiduamente sobre su frente. Sus manos callosas no parecían en nada las manos de un dibujante ni tan siquiera las de un operador de PC. Los anteojos que se colocaba cuando trabajaba realzaban esa cara delgada y aguda que, con la incipiente barba, generalmente a medio afeitar, le daban un carisma de intelectual. Deportista al extremo, siempre se hacía del tiempo necesario para sus deportes preferidos. El mar, su pasión, sabía encontrarlo con su grupo de amigos (por lo común, de la empresa), predispuesto a salir los dos días del fin de semana.

Muy celoso de Elis y sus amistades, llegaba a ser molesto aunque, en lo que a él concernía, siempre había buscado la aprobación de su hermana. Algunas novias sin compromiso y un gran amor que la distancia le quitó. Tal vez la cercana muerte del Chelo no le permitió pensar con claridad como para retener aquel amor que se alejó y que, con el tiempo, los recuerdos agigantaron.

María, con su gesto, había hecho notar su desagrado ante la insistencia de Pedro, y la mía, por saber quién era el rescatado, sin haberle dado primero las mínimas condiciones de humanidad, en lo relativo a su alimentación. La vi subir los tres escalones del camarote de popa hacia cubierta, con sus nalgas apenas cubiertas por un pareo corto que dejaba entrever su malla entallada. La seguí hasta que descendió hacia la cocina y le di una suave nalgada a la que respondió con un movimiento de sus manos. Me acerqué, la abracé y le estampé un beso. Era el pago habitual que solía hacer ante alguna estupidez de mi parte. Por toda respuesta recibí una caricia sobre mi pelo y su infaltable sonrisa, que siempre iba acompañada de ese movimiento de sus hombros que despertaba en mí los sentimientos más profundos.

Insistí con otro beso y, cuando nos separamos, con su dedo bajo el ojo izquierdo, me hizo señas de que alguien podía entrar. Mi clásico "¿Lloverá esta noche?" fue contestado con un ademán y una sonrisa.

En ese instante, me acordé de que el timón había estado trabado más de lo acostumbrado, primero mientras buscábamos respuesta y después cuando atendíamos a nuestro infortunado huésped.

Subí enseguida a cubierta y allí estaba el muchacho. Pedro, al timón. Federico, sentado sobre la luneta de cola. Elis, en cuclillas sobre la base izquierda del apoyo del timón. El náufrago, sentado frente a ellos, como respondiendo a una lección frente al pizarrón. Me acerqué y empecé a escuchar, justo cuando él hablaba.

–No pensé que lo fueran a hacer. Primero, tiraron al agua el resto de un muelle que tenían arriba del carguero y luego, a pesar de mis súplicas, me tomaron entre dos y me arrojaron al mar. Nadé como pude hasta el madero, mientras escuchaba sus carcajadas, sus improperios. Luego, uno de ellos hizo algunos disparos que, por suerte, no me acertaron. Me zambullí un par de veces y, de a poco, fui perdiéndolos de vista. Me aferré con todas mis fuerzas al madero, pero no podía encontrar la posición correcta: de a ratos, la parte más larga se hundía y llevaba a que el excedente que quedaba sobre el agua formara un plano inclinado que me hacía resbalar. Luché intentando encontrar la posición justa hasta que lo logré. Aproveché una argolla que sobresalía, pasé mi cinturón por ella y me así una mano. El pie izquierdo me dolía demasiado, es el que tengo hinchado ahora. Cuando me tiraron por la borda, mi zapatilla se enganchó en una planchuela y ellos tiraron, con tan mala suerte, que la arrancaron de mi pie.

Después, debo haberme dormido por el cansancio. Cuando desperté, me había deslizado de lado y estaba sobre un costado del madero; me dolían el pie y el brazo, seguramente por la fuerza que este hacía cuando me sostenía sobre la superficie.

Entonces me asusté aún mas, no por lo que me estaba pasando, sino porque, a lo lejos, divisé los palos del carguero. Ya había empezado la tormenta, las olas me arrojaban de un lado a otro y la noche comenzaba a caer. No sé el tiempo que pasé peleando para sostenerme y no hundirme; mis fuerzas ya no daban más y, en esa desesperación, cada tanto veía cómo las luces del carguero se acercaban.

Gracias a Dios, encontré una mejor posición. Ahora, la forma en la que me colocaba, hacía que las olas mantuvieran fuera del agua la parte más larga del madero, y entonces tomé la decisión. Coloqué mi pierna derecha sobre la argolla y, con fuerza, até mi cinturón a ella. Boca abajo, con las energías que me quedaban, me así al madero, y me encomendé a Dios.

No sé cuánto pasó. Para mí, una eternidad. Ya no sentía mis manos ni mi pierna. El alma volvió a mi cuerpo cuando dejó de soplar el viento y la lluvia empezó a amainar. Entonces, ya no supe más.

Luego, escuché voces lejanas y sentí gente que me sujetaba. Me abandoné a mi suerte y no tengo más recuerdos.

Elis mantenía la vista en la posición en que estaba yo; eso hizo que el muchacho se diera vuelta y, al verme, se incorporara. Se dirigió a mi encuentro y, contra lo que yo esperaba, me abrazó y repitió varias veces:

–Gracias, gracias.

Lo invité a que descendiera a la cocina para hablar tranquilos.

Cuando entramos a la cocina, María estaba sentada sobre la mesa escribiendo algo. Al vernos, se bajó, acercó dos taburetes para que pudiéramos sentarnos, ofreció café y, al asentir nosotros, se dedicó a prepararlo.

—Nos dijiste que te llamas Amin Dipp. Sabrás que tengo que comunicar a las autoridades tus datos filiatorios. Además, escuché tu relato, es decir, una parte, allá arriba. Pero quedan algunas cosas que desearía saber antes de informar nada. Sabrás que, por las leyes del mar, estás bajo mi responsabilidad mientras estés a bordo y seas recibido por las autoridades de tierra.

—Sí, señor, lo sé.

—Si te tiraron del barco en que ibas, ¿quién irradió el pedido de rescate dando tu probable ubicación?

—Señor, soy parte de una familia acomodada de Marruecos. Mi padre es diplomático en un país sudamericano. Uruguay, para ser más preciso. Yo soy doctor en Bioquímica y me hallaba de vacaciones en casa de mis abuelos paternos. En realidad, me estoy tomando un año sabático. Vine a España a la universidad de Salamanca a realizar unos estudios, que por cierto terminé, y decidimos, con un amigo que vive en Brasil, hacer el recorrido por la costa oeste de África y, desde allí, llegar hasta Ciudad del Cabo, en Sudáfrica. Él también había concluido el mismo curso, así es que empezamos a ver cómo podríamos llegar y tener un poco de diversión a la vez, dado que nos sobraba el tiempo.

Buscamos en Internet gente que quisiera realizar la misma aventura. Así, entramos en contacto con un patrón de barco, que reside en las Islas Canarias y que hace ese recorrido cada tanto, en barco con pocos pasajeros. Acordamos vernos allí y tomamos un vuelo desde Barcelona hacia las islas.

Nos quedamos casi cuatro días en Tenerife. Luego, cuando se completó el grupo, partimos. Todo fue bien, hasta que se enteraron de que el padre de mi compañero es un industrial brasileño y que el mío es diplomático. De los seis que viajábamos en el grupo, dos no lo eran porque, cuando se desencadenaron los acontecimientos, supimos que formaban parte de la tripulación. Las dos restantes eran estudiantes de Arte en un instituto de París. A ellas las encerraron aparte, ya que sus familias son de clase media baja, y estaban en París por las becas que habían ganado.

De los seis que eran de la tripulación al principio, más el par que le comenté, dos querían desembarcar en Dakar y allí vender a las muchachas, mientras esperaban respuesta al pedido que hicieron a nuestras familias. Pero los otros cuatro no querían saber nada.

Esa noche, después de que hablaron con un contacto en Dakar, se emborracharon. Mi compañero se descontroló y se apoderó de un fierro. Golpeó a uno de ellos pero lo alcanzaron y pudimos escuchar cómo lo molían a palos.

Empezaron a discutir acerca de que no les convenía que estuviéramos con vida. Los dos que querían vender a las jóvenes decían que también tendrían buena ganancia con nosotros. El caso es que, esa noche, vinieron los cuatros que manejaban casi todo y se deshicieron de mí. Sé que volvieron a buscarme, y tal vez ellos mismos hicieron el pedido de rescate. Para corroborar mis datos, pida que la autoridad marítima se contacte con mi padre a la embajada de Marruecos, en Uruguay. Mi familia debe estar sufriendo demasiado. El barco se llamaba ZARATUSTRA, tenía bandera holandesa y era un carguero. Las muchachas eran originarias de Colombia.

Cuando estábamos encerrados en una pequeña bodega en la embarcación, mi compañero me comentaba que había visto cómo el capitán del navío le entregaba un sobre marrón al guardiamarina que subió al carguero a inspeccionar y que pidió la lista de pasajeros pero que, entonces, le restó importancia.

En ese preciso momento, la radio empezó a llamar. Era el servicio de guardiamarina que pedía datos del rescate. A excepción de Federico, que se quedó en el timón, todos bajaron a merendar. Le hice señas a María para que subiéramos a cubierta.

–Elis, prepara algo para todos, en un momento venimos. O, mejor, comed vosotros, nosotros lo haremos más tarde –agregué.

Cuando subimos a cubierta, el sol, indescriptible en su inmensidad, estaba a espaldas de Federico. Se mostraba tan enorme que la humanidad de nuestro hijo entraba en la circunferencia que parecía tocar la cubierta en la línea de popa.

Antes de bajar, habían arriado las velas, lo que indicaba que encenderían las máquinas para luego trabar el timón y, de esa manera, tener una cena todos juntos.

Así el timón con una mano, mientras que la otra la deslicé a la cintura de María, atrayéndola a mi lado. Ella me tomó en derredor de mi cuerpo y permanecimos un instante en silencio.

De repente, y como un sobresalto, me di vuelta. Trabé el timón y, de frente al sol, nos quedamos abrazados y maravillados con el espectáculo del atardecer. Sentados ya en la baranda de popa, con los pies hacia el vacío del mar, movíamos nuestras piernas de un lado a otro.

La belleza de la puesta del sol en el mar, y en estas latitudes, es algo que todo ser humano debería ver en el transcurso de su vida. El sol hundiéndose en el mar de a poco; el rojo, transformándose en naranja a medida que más y más se hunde y luego, cuando ya desaparece en el horizonte del mar, ese color púrpura suave que comienza a desteñirse tardíamente en un tenue amarillo. Como si todo esto fuera poco, y con una música celestial que las olas cantan, la bóveda celeste ya casi oscura empieza a llenarse de titilantes luciérnagas fijas.

No sé cuánto tiempo transcurrió mientras permanecí con el brazo sobre el hombro de María y ella con su mano en mi rodilla. Nos quedamos mirando esa masa negra, perforada de luces pequeñas y algunas grandes que marcaban que la noche del trópico había venido a quedarse.

El grito de "¡A cenar!" de nuestro rescatado nos llamó a la realidad.

Cuando bajamos a la cocina, ya estaban todos sentados a la mesa.

El ATOCHA era un navío de los considerados como importantes.

Sus 13,2 metros de eslora y sus 3,4 metros de manga hacían que la distribución de compartimientos fuera lo suficientemente cómoda para este tipo de embarcación.

Pedro lo había adquirido por consejo de Vittorio. Luego, en los astilleros familiares, lo había remozado totalmente y dotado de todos los adelantos modernos en su tipo. Contaba con un camarote principal en suite y con dos camarotes auxiliares, en un amplio compartimiento destinado para probables tripulaciones. Un área de servicios (compuesta por el camarote de popa, la cocina, la despensa y un pequeño privado) completaba las instalaciones. La amplia cocina, en la cual estaba el sector de radio y un pequeño tablero en donde se encontraban las cartas de navegación, poseía una larga mesa con lugar para diez comensales cómodamente sentados.

Miramos con sorpresa el menú de la cena, y nos dimos cuenta de que Elis había recibido ayuda, ya que se veían dos fuentes con tallarines y estofado.

Amin, mientras comía como para reponer lo que no había ingerido en los días anteriores, comenzó a contar su vida en Uruguay, en donde tenía un pequeño consultorio para desarrollar sus actividades.

Al llegar al país, ya hacía más de dos años que se encontraba recibido. Con la idea de radicarse en esas latitudes, durante el primer año se dedicó a revalidar su título, al tiempo que participaba como observador en una institución pública. Más tarde, abrió un pequeño laboratorio en sociedad con un uruguayo. Para ese entonces, su padre llevaba ya seis años en la embajada marroquí. Actualmente, nos dijo, se desempeñaba como encargado de negocios en ella.

A los postres, decidimos cómo serían los turnos de guardia hasta que llegáramos a las islas de Cabo Verde, en donde presentaríamos a Amin a las autoridades y pasaríamos una corta estadía. Sabíamos que, en aquel lugar, las playas eran perfectas, hermosas y muy apreciadas por el turismo internacional. De acuerdo con los cálculos de Pedro, nos quedaba al menos un día y medio de navegación a vela.

La primera guardia de tres horas me tocó a mí. Destrabé el timón y me acomodé en el taburete cercano a este. Mientras sostenía entre mis manos la jarra con el té verde que acostumbro a tomar después de cenar, me quedé reflexionando y repasando detenidamente lo sucedido durante el día y la noche anterior. Lo primero que vino a mí, fue aquello en lo que estaba pensando al momento de avistar al náufrago. No coincidían las coordenadas. Además, si el carguero se había alejado en el inicio de la tormenta hasta perderse en el horizonte, eso significaba al menos cuatro horas de navegación desde el punto en donde había sido abandonado Amin. Si decidieron retornar a buscarlo… Primero, por qué y, segundo, otras cuatro horas para retornar al punto, más el tiempo de deriva del náufrago y una hora de deriva daban como diez horas. Nosotros habíamos usado sólo poco más de seis horas para regresar y encontrarlo. Si hacíamos la cuenta de todo esto, al momento de recoger a Amin deberíamos haber tenido a la vista el carguero. Después, si no había sido el guardafaro el que había emitido el pedido de rescate... entonces, ¿quién?

Más allá de lo que sucediera con los otros pasajeros, todo el tema me preocupaba y hacía que no viera la hora de llegar a las islas. Me acordaba de las recomendaciones de la gente en El Jadida cuando zarpamos. Los lugareños nos habían puesto sobre aviso acerca de los peligros que significaban algunos barcos que parecían de pesca pero que, en verdad, se dedicaban a todo tipo de tráfico y, en algunas oportunidades, a la piratería.

La posibilidad de contar con un enlace satelital en el ATOCHA permitía que, día a día, la gente del astillero conociera nuestra posición, reflexioné. Al instante, me percaté de que, desde la tormenta, no habíamos tomado contacto con nuestra casa. Sólo entonces me di cuenta de que no habíamos sido objetivos al respeto y que, hasta ahora, no habíamos sabido aprovechar los elementos de a bordo.

Decidí que, cuando dejara mi turno, intentaría tomar contacto con tierra e informar detalladamente mis dudas, para que ellos vieran si podían resolverlas. La noche estaba templada; el cielo, con su sempiterna belleza. El viento no era muy fuerte, pero sí lo suficiente como para que el velero desplazara espuma por doquier al momento de cortar las olas del Atlántico Sur.

De pronto, subió Elis, a quien le tocaba la siguiente guardia.

—Antes de irme a dormir, voy a intentar contactarme por Internet —le comenté.

—Primero dime si continúo con el rumbo o me tengo que encargar de las correcciones.

—No te preocupes —contesté—, ya se halla todo asegurado. Continúa así hasta las 24 horas, luego modifica tres grados al Este.

—Todos están durmiendo, ya. Amin se contactó con sus padres por Internet, y ellos van a comunicarse con las autoridades de las islas.

—Qué bueno, entonces me quedo más tranquilo. Sólo informaré a casa cómo estamos y luego me voy a dormir —concluí.

Pero Elis ya no me escuchaba; con los audífonos colocados, había entrado en su mundo de música.

Bajé y encendí el ordenador. Desde el camarote, la puerta se entreabrió y una mano insinuante comenzó a hacerme señas de que fuera. A veces, los ademanes son más claros que un conjunto de palabras, y entonces me acordé de "¿Lloverá esta noche?"

Y vaya si llovió.

Cuando me desperté, María ya no estaba en la cama. Es algo que me molesta, siempre le digo que no es bueno negarle a la persona amada el hecho de que pueda vernos dormir plácidamente. Ella me responde, creo que con justa razón: "Ese es un placer del que yo también disfruto; unas veces uno y otras veces otro".

La luz del alba entraba por el ojo de buey del camarote y el velero se balanceaba tranquilamente. Estábamos detenidos, y me preocupé.

Salí del camarote y me encontré con Pedro, que se estaba preparando una taza de café. Era una costumbre arraigada en él: su café debía ser fuerte, espeso; casi barro, decía yo. Él, en cambio, opinaba que no había nada como el café turco, poco, poco café.

Se sonrió y me dijo:

—Parece que el último en hacer la guardia se durmió con el timón trabado y nos hemos desviado un poco. Así que, mientras te esperábamos para que corrigieras el rumbo, se han puesto a gozar del mar y del sol.

Subí a cubierta, y sí. Era un día espectacular: el cielo azul, el sol ya alto, la temperatura ideal y una tenue brisa que mecía al ATOCHA.

María tomaba sol sobre el techo de la cabina, con la espalda hacia el naciente; a su lado, una taza de té y un plato con tostadas. Para ella el desayuno era todo un ritual, toda una ceremonia, así estuviera en medio de un maremoto.

Elis, Federico y Amin nadaban cerca del chinchorro que estaba flotando.

–¡Hola! –me saludó Federico con un grito, mientras se subía a la pequeña embarcación.

Una vez en ella, agregó:

–Anoche, me dormí un rato con el timón trabado, no creí que fuera tanto. Luego me siguió Amin y continuó con la misma orientación. Claro, eso nos desvío de la ruta.

–Perdón –gritó Amin–, yo no me percaté del error y navegué hacia el Este nuevamente, así que ahora estamos cerca de la costa. ¿La ve? –preguntó.

Giré de espaldas, y vi. A lo lejos, se divisaba una mancha oscura en todo el horizonte: la costa del continente estaba a pocas millas. Me alarmé y grité:

–¡Todos arriba, nos marchamos ya!

–¿Por qué tan rápido? –preguntó María.

–Después lo hablamos; ahora, todos arriba. Izad el chinchorro, que yo enciendo las máquinas.

Me dirigí presuroso al sector del timón, arranqué los motores y esperé a que subieran.

Mientras tanto, Pedro, que había escuchado los gritos, dejó su taza y subió a cubierta.

–¿Qué pasa, hijo? –inquirió.

–Nos hallamos próximos a la costa, y hasta que no verifique la latitud y dónde estamos exactamente, debemos alejarnos lo suficiente. Si es la hora que creo y, teniendo en cuenta que la última guardia nos dejaría casi en línea recta para llegar a las islas de Cabo Verde, debemos encontrarnos a la altura del poblado de St. Louis, en el mercado de pesca en Dakar, y es allí en donde nos pidieron que nos alejáramos de la aldea cuando zarpamos, ¿recuerdas?

La aldea de El Jadida estaba ubicada en la costa noroeste de África, en cercanías de Azemmour. Hace algunos años, era una pequeña villa de pescadores.

Allí fue a parar, por un problema en las velas de su embarcación, Tomas Robinson, un inglés amante del mar que había decidido dar la vuelta al continente africano con un grupo de amigos. Se contactó con nuestro astillero por recomendación de Francis Chepes, quien había usado de nuestros servicios en la adaptación de un bergantín de época.

Como eran velas rediseñadas de las que siempre solíamos tener algún par en existencia, se las llevamos oportunamente. Un equipo se acercó a solucionarle el inconveniente, ya que suponíamos que se habían deteriorado por un problema común en estas embarcaciones, respecto de la posición de la arboladura y un mal uso de ella, frente al viento.

Tiempo después, Robinson visitó nuestra empresa y apreció la fabricación del ISABELLA, un yate que realizábamos para un príncipe de Dubai. Al comprobar los detalles de terminación, había decidido encargarnos la construcción de una embarcación de gran porte que, en estos días, estaba en la faz final del proyecto de diseño, para que el príncipe evaluara su aprobación.

De esto habían pasado casi tres años, y resulta que Robinson se había quedado tan encantado con las playas y la región cercanas a esta villa, que optó por adquirir buena parte de las tierras. Allí, encaró la construcción de un club privado, con amarras y todos los servicios. Al poco tiempo, lo convirtió en un verdadero lugar de encuentro destinado a las clases acomodadas, que comenzaron a hacer uso de él para escapadas rápidas del continente europeo.

Casi un mes antes de que partiéramos, Robinson se había acercado por nuestro astillero para concretar económicamente el proyecto de su embarcación y, mientras esperaba un par de días a que se corrigieran unas propuestas en el diseño, Pedro lo invitó a una travesía corta por el mediterráneo en el ATOCHA. En esa oportunidad, se probaban los dispositivos de enarboladura de velas para ser accionados solamente por cuatro personas.

Robinson agradeció la invitación y, a su regreso, comentó su escapada a la aldea de El Jadida. Agregó que le encantaría alquilar los servicios de la empresa para que lo llevaran a este lugar, en una travesía más larga, a bordo del ATOCHA. Sabedor de que en unos veinte días partiríamos, la idea le gustó a Pedro quien, luego de discutirla con la familia, la aceptó.

Allí fue Pedro, pues, con un grupo de siete marineros del astillero. Les anticipó el pago de unas vacaciones que, según él decía, se merecían y, de paso, podrían verificar el funcionamiento del sistema que había pergeñado.

Al llegar a la aldea, quedaron a nuestra espera, mientras eran atendidos magníficamente por Robinson. Pedro, siempre interlocutor válido en las reuniones nocturnas de esos días, fue quien, con la colaboración de Robinson, dio forma a la ruta que hoy estamos recorriendo. La idea era aprovechar la experiencia del inglés, para evitar los errores que él ya había cometido y ahora conocía. Una de sus recomendaciones siempre fue que tuviéramos cuidado con los círculos rojos en las cartas que habían trazado con Pedro, ya que esos eran los lugares peligrosos para la navegación.

Cuando partimos de nuestra casa al encuentro del ATOCHA, lo hicimos en avión hasta Mohamed V y, desde allí, en vehículos especiales hacia el desierto del norte de África. Fue algo emocionante, un buen principio para nuestra aventura. Así, llegamos a la aldea, donde Pedro ya tenía preparado y aprovisionado el navío para nuestra salida.

Luego de utilizar un par de días para reponernos en medio de esas maravillosas instalaciones, embarcamos. El equipo del astillero regresaba a casa en los vehículos que nos habían traído, desandando el camino.

Esa mañana en que nos íbamos, mientras realizábamos las maniobras de partida con un Robinson más que atento, en la explanada del muelle, alguien se le acercó y habló un par de palabras con él. Al momento, y con grandes ademanes, me gritó:

—¡Lejos de Langue de Barbarie, hazle un enorme círculo rojo, también!

Esa tarde, cuando ya habíamos navegado casi todo el día, me acordé de sus gritos y de sus señas aparatosas. Entonces, cuando radiaba nuestra posición, la anoté en el margen de la carta y, al no hallar el lápiz rojo, la remarqué en verde.

Indudablemente, mi apuro por alejarme mar adentro se debía a que presentía que las costas que estábamos viendo eran las de la zona que nos había indicado como peligrosa.

Juntos, izábamos las velas con premura y en silencio; todos querían saber qué estaba pasando, pero nadie preguntaba. La prioridad era poner al ATOCHA a navegar rápidamente con toda su arboladura, algo que ya sucedía.

Apagué el gobierno de los motores y fijé el rumbo directamente perpendicular a las costas, que comenzaban a verse delgadas y cada vez más lejanas.

Ahora sí, María con una jarra de café y tostadas completas, como me gustaban a mí, se sentó a mi lado en el taburete del timón, lo asió, y preguntó:

–¿Nos vas a decir qué te asustó?

Todos, a excepción de Amin, se acercaron y entonces les expliqué.

–Claro –dijo Pedro–, eso es lo que estuve a punto de preguntarte varias veces, por el remarque en verde. Pero pensé que, en realidad, tu idea era acercarte a esas costas y no se me ocurrió hacer lo contrario. Si hubiera estado con color rojo, es probable que me hubiera dado cuenta.

Pregunté por Amin y Federico deslizó el comentario de que seguramente se estaría conectando con sus padres por Internet.

De pronto, se escuchó un ronroneo y el ruido seco de las aspas al cortar el viento. Clásico, un helicóptero.

Miramos por estribor y lo divisamos a la distancia. Posiblemente, nos habían visto desde la costa y trataban de constatar qué pasaba. Lo extraño fue que revoloteó a la distancia, como si no nos viera, y luego regresó hacia la costa. Que ya no se vislumbraba en el horizonte.

Si mis cálculos eran exactos, cerca de la medianoche estaríamos entrando a las islas de Cabo Verde. Le pedí a Pedro que radiara nuestra posición y que diera aviso a las autoridades de que entraríamos a puerto en la mañana siguiente; que fondearíamos en las inmediaciones de la villa de Maio, en la isla del mismo nombre para luego, desde allí, amarrar definitivamente en cercanías de la autoridad portuaria o, en su defecto, donde ellos indicaran.

Elis, mientras recogía algunas muestras del mar, vio, a la distancia, lo que parecía ser el mástil de una embarcación. La brisa era muy tenue y, por ello, los nudos que desarrollábamos, pocos. El mar tenía ese azul profundo y la espuma que el navío producía al abrirla como con desgano hacia los dos lados, era de una blancura perfecta.

Algunas veces, el spray de las olas mojaba cubierta, aunque hacía un buen rato que navegábamos tranquilamente.

Trabé el timón, tomé el catalejo, y sí. Era la arboladura de un velero de tres palos. Muy a lo lejos, y navegando en nuestra ruta. Me extrañó que sólo llevara una de sus velas desplegadas, como si intentara quedarse en la distancia y nada más.

Pedro regresaba de la radio, cuando le pedí que volviera.

—Por favor, radia de nuevo a tierra y pregunta el nombre del navío que está en las inmediaciones.

—Pues para eso, intento primero hacer algunas señales a ver si ellos contestan.

—No creo, están muy lejos. Además, prefiero corroborar con la autoridad de puerto si ellos saben. Seguramente se dirigen al mismo lugar.

Las costas del noroeste africano tienen la particularidad de que, en ellas, suelen encontrarse barcos abandonados, en estado deplorable. A raíz de ello, se generan reclamos por parte de organizaciones ecologistas, por lo perjudicial que puede resultar, ya que atentan contra la conservación de muchas áreas naturales.

Los vientos que habitualmente azotan estas zonas muchas veces toman desprevenidos a los navegantes inexpertos, así como a aquellos que se aventuran sin estar convenientemente preparados. A los fuertes e imprevisibles vientos, se le suman las cambiantes corrientes marinas y, en algunos casos, los accidentes geográficos del área cercana a las playas. Otras veces, el tráfico y la piratería hacen que los navíos sean abandonados a su suerte y terminen por formar los cementerios de barcos.

Si a eso le sumamos la cercanía del desierto, que llega hasta el mismo pelo de agua del mar, son miles las situaciones que pueden sucederse como consecuencia de una mala elección de las formas y los tiempos de una navegación.

El sol ya se había escondido pero algunos rayos que todavía peleaban por quedarse se dibujaban, multicolores, sobre las olas. En tanto, la brisa hacía que las espumas que sobrevolaban a veces por sobre la cubierta formaran pequeños arcoíris fragmentados que se asemejaban más a un calidoscopio en movimiento que a un atardecer en el mar.

A lo lejos, las luces se veían titilar y contrastaban con las estrellas, que parecían más grandes que en oportunidades anteriores. Una tenue mancha sobre el horizonte nos mostraba que ya estábamos acercándonos a nuestra escala en las islas.

Arriamos las velas, todos juntos, y ya las máquinas del velero funcionaban con un parejo ronroneo, tranquilo y sostenido.

El chinchorro que habíamos bajado hacía un par de horas estaba ocupado con la figura apacible de Pedro. Dormitaba sobre una de las bandas mientras sostenía cansinamente una caña de gran porte. Seguramente, la cena estaría a su cargo y, por eso, ya había ido en pos del menú.

Las luces del ATOCHA se encendieron para reforzar las de posición reglamentaria y la cubierta pareció de pronto iluminada como si fuera a brillar por una fiesta.

Le indiqué a Federico que pusiera rumbo en forma sesgada a la isla que avistábamos en ese momento, ya que era Maio y la comandancia del puerto estaba en la villa que se encontraba un poco más al suroeste. La idea era, como informáramos, anclar en sus cercanías y luego, entrada la mañana, descender a tierra para la entrega de Amin y el reencuentro con quien fuere.

María se hallaba en cubierta, pensativa y extraña. Solía ponerse de este modo cuando algo la intranquilizaba y, ciertamente, no tardaría en hacérmelo saber.

La idea de la travesía había sido tomada en familia. En verdad, lo que queríamos era pasar juntos un buen margen de tiempo. El hecho de que pronto Elis se fuera a trabajar fuera del país, hacia latitudes desconocidas para nosotros, y además por un lapso considerable, nos había unido para poder disfrutar de este acontecimiento. Como ya dije, integraría una expedición internacional hacia la Antártida, en busca de la confirmación de valores y descubrimientos científicos. Parte de esta expedición era financiada por el Corona española y, lo más importante, se sumaban los estudios realizados con un grupo de colegas españoles.

En un primer momento, se nos había ocurrido atravesar el Atlántico y recorrer las costas brasileñas y navegar por el Caribe, pero la cercanía de la época de los huracanes nos había hecho desistir.

Ya era pasada la medianoche cuando fondeamos en cercanías de Praia Pronta Preta. La luna, a medio camino de la bóveda oscura, era, en verdad, una inmensa medialuna con su perímetro perfecto. Si parecía que competía en un certamen de belleza, del que también participaban las estrellas que plagaban la noche. Algunas de ellas se veían enormes, mientras que otras sólo eran puntos imperceptibles en la oscuridad, a no ser por su brillo que, de a ratos, cambiaba de colores. Más cercano a la base de la esfera, pinceladas de pequeñas nubes que, de tanto en tanto, eran cruzadas por algún ave ya muy retrasada en su retorno al hogar.

A lo lejos, la iluminación de algunos navíos que también estaban fondeados, parecía sumarse al cuadro que se reflejaba, al fondo, con la luminaria de la población de las islas.

En realidad, habíamos anclado mucho más cerca de lo que hubiéramos pensado. Eso hacía que, si bien remota, pero traída por la brisa nocturna, se escuchara una lejana música que completaba una noche tan especial.

Todos estábamos sobre cubierta: Federico y Amin conversaban acerca de cómo pasarían el día; Elis se había contactado con alguien por el teléfono satelital; Pedro, recostado en la hamaca a la que siempre recurría, fumaba su pipa, con grandes bocanadas de humo y aureolas, que se encargaba de dibujar en el aire.

María y yo, mientras tanto, tomábamos té y compartíamos un trozo de pastel que había quedado de la cena. Me pareció oportuno preguntarle qué le estaba pasando y, rápidamente, me contestó:

–No me siento tranquila con Amin. Aparte de que es una persona extraña, no da la impresión de que su experiencia en el mar y todo lo que le ocurrió haya dejado en él una marca emocional, y eso no es bueno. O bien... esconde algo.

–Claro –dije casi sin pensar–, a mí me pasa lo mismo. Más allá de que no me cierran ciertas cosas que son ponderables, quiero decir, son tangibles en los hechos, tampoco me gusta su actitud. Aunque destaco que puede ser por todo lo que le sucedió.

–Sí, pero fíjate tú que no habla más de las jóvenes que estaban con él... Se preocupó por tomar contacto con sus padres pero, a pesar de que lleva casi dos días en el barco, nosotros no hemos tenido comunicación con ellos. Además, si fuera cierto que es hijo de un diplomático, de cualquier rango que sea, ya tendríamos que haber recibido un llamado de alguna autoridad.

—En realidad, ya estamos prácticamente en el puerto. Mañana mismo sabremos cómo manejarnos —intenté tranquilizarla.

—Otra cosa que me molestó, y creo que se dio cuenta por mi mirada, es que, cada vez que yo pasaba por cerca de la pantalla de la PC, él cambiaba de página, como si no quisiera que viéramos con quién se comunicaba.

—Bueno, vamos adentro a dormir y mañana, mientras él realiza sus declaraciones, nosotros nos reaprovisionamos, hacemos algunas compras de souvenir y disfrutamos de las islas.

—Sí —concedió María—, pero no olvides que nosotros también tendremos que pasar por la autoridad portuaria.

Nos despertó el ruido de una lancha con motor, seguido de una sirena estridente. Salí a cubierta, y Pedro ya estaba hablando con los guardias de las islas. Estos se presentaban en un cortés español (producto de que todas nuestras comunicaciones habían sido en este idioma), a lo cual Pedro les respondía sin inconvenientes.

Uno de los marinos (parecía el de mayor rango), se expresó en un correctísimo español.

—Veníamos para acompañaros a la comandancia, os están esperando. Por ello viene con nosotros un práctico del puerto, para que entréis con vuestro navío hasta el mismo muelle. Así, la embarcación queda al cuidado de la comandancia y vosotros podréis disfrutar de vuestra estadía.

Me pareció muy considerada la actitud y creo que a Pedro también, ya que de inmediato comenzó a ayudar al práctico a subir a cubierta por el sector de popa del ATOCHA.

Pusimos uno de los motores en marcha y, lentamente, nos dirigimos a puerto.

Cuando ya estábamos amarrando en el muelle principal, se acercó un vehículo todo terreno, de donde descendieron dos hombres, uno uniformado y el otro con un impecable ambo blanco. Este último tenía el aspecto de ser una persona importante. Con un sombrero de tipo panamá y anteojos oscuros, saludó con un movimiento de cabeza, en apariencia distraído. El uniformado, en cambio, se dirigió a cubierta y entabló conversación conmigo.

—Mi apellido es Romairo, soy el jefe de la comandancia y os doy la bienvenida a puerto. Queremos que nos permitáis llevar al náufrago para que realice su declaración. Sabemos que ha sido parte de un delito y que existen más involucrados. Os agradeceré, si sois tan amables, que os presentéis a media tarde, para que conversemos.

Inmediatamente, le pregunté si los familiares del muchacho se habían contactado con las autoridades.

—El caballero que usted ve, más adelante, pertenece a la delegación diplomática y permanecerá presente mientras el náufrago brinde su declaración. Seguramente, él mismo se encargará luego de llevarlo ante quien le informe a sus padres.

—¿Qué se sabe del barco que arrojó al mar a este muchacho?

—Eso no se lo puedo decir —respondió, cortante.

—Sí, pero nosotros, antes de seguir viaje, quisiéramos que alguna autoridad nos informara quién radió el mensaje de ayuda. También tenemos algunas dudas con respecto a lo sucedido y, como habremos de continuar la marcha, nos gustaría no quedarnos con ninguna incertidumbre.

—Todo lo que usted solicite, la comandancia se lo informará. Sabemos de lo peligroso que puede ser navegar por ciertas latitudes.

Pedro siguió toda la conversación con el ceño fruncido y luego, con una palmada en mi hombro, me dijo:

—Mira, hijo, vamos a tomar algo, a ponernos cómodos, a conocer un poco el lugar… y luego veremos.

Por lo pronto, yo voy a caminar un rato con Elis. Vosotros podéis ir juntos y nos encontramos en el hotel Vela Vista, que está a pocos kilómetros.

–Me parece bien –acepté.

Dicho esto, en un santiamén, desaparecieron de escena. Nosotros, en tanto, nos quedamos admirando algunos ejemplares de pescados que realmente llamaban la atención.

Lo cierto es que, en el mismo momento en que tocamos tierra, el oficial y el civil llevaron a Amin a la camioneta y partieron hacia la comandancia. Tan rápida había sido la escena, que no nos despedimos de nuestro rescatado. Tomé a Pedro y a Federico por los hombros y, usándolos como muletas, empezamos a caminar por la calle principal.

Siempre, cuando amarrábamos en el muelle de una isla, en este caso el de Maio, la mayor parte de la costa se encontraba llena de embarcaciones pesqueras de todo tipo. Generalmente, de las más sencillas y de poco alcance.

En este caso, las playas lucían espléndidas, ya que el turismo depredador no había llegado a ellas. Lo que sí nos llamó la atención fue que, al igual que en las costas del noroeste africano, aquí también se hallaban muchas embarcaciones abandonadas. Ciertos veleros de porte mediano y algún navío moderno se encontraban amarrados en pequeños puertos privados, desde donde se podía contemplar la construcción de villas de alto poder adquisitivo, aunque todas del mismo porte de construcción.

En la recorrida por la pintoresca villa, descubrimos un poblado con bastante gente. Se observaban edificaciones modernas, mezcladas con otras antiguas. Las de clase más popular, pintadas en fuerte color amarillo, en verde inglés y en algún que otro naranja.

Las construcciones más sobrias tenían el clásico color pastel tipo salmón o, incluso, el terracota, y se embellecían con rejas muy ornamentadas o del tipo morisco.

Creo que era la segunda ronda de cervezas que tomábamos, cuando distinguí que se aproximaba María, caminando con Elis a su lado.

Y, como si se tratara de una instantánea, la recordé como el primer día. Aquel verano, cuando la conocí.

III

Estaba en Mallorca disfrutando de unas cortas vacaciones, de las pocas que no pasaba con mis padres, y la vi. Caminaba por la playa con una cadencia propia como si, al avanzar, sus movimientos hicieran juego o acompasaran las olas que bañaban la playa.

Había una fuerte brisa esa mañana, y su cabello le envolvía la cabeza, en extraños remolinos que ella, inútilmente, intentaba controlar.

Yo había salido a trotar un rato por la playa y, en ese justo momento, me hallaba recostado sobre un pequeño montículo desde donde podía mirar las nubes que se formaban en el cielo.

De repente, sobre una de las rocas cercanas a la playa, una ola rompió un poco más fuerte que el resto. Eso bastó para que yo desviara mi mirada, y allí fue donde la vi.

La debo haber observado caminar a lo largo de unos cincuenta, o tal vez setenta, metros. Y cada paso que daba parecía que yo podría adivinar el ritmo y en dónde iría a posar sus pies.

Ella realmente me ignoró y, para mí, fue como una puñalada en mi autoestima. Pensé enseguida en llamarla, saludarla o algo así, para que notara mi existencia, pero no. Nada hice. Creo que todo lo que restaba de ese día lo pasé pensando en ella.

A la mañana siguiente, repetí mi accionar pero, esta vez, decidido a que, si ella aparecía, me cruzaría en su camino.

Y no apareció. En mí quedó esa imagen, esa cadencia en su andar.

Pasaron un par de días, y ya casi terminaba mi estadía. Fui al bar del hotel a tomar una cerveza. Ensimismado en mi mundo y en la lectura del periódico, no me percaté de que me observaban.

De pronto, miré por sobre las hojas del diario y allí estaba, mirándome fijamente. Le sonreí, y su rostro esbozó una leve sonrisa.

Creo que me asusté y volví a la lectura para pensar qué haría. No hubo necesidad: cuando levanté la mirada, estaba de pie frente a mí.

–Soy de Portugal –me dijo–. Te vi en la playa hace dos días –siguió–. Mis amigas se fueron ayer y yo debo esperar a que mis padres vengan por mí, me quedan unos días aquí.

Indudablemente, si no tomaba eso como una invitación... ella pensaría que yo era un...

–Yo soy de Cambrils, en el noreste de España. Me restan algunos días de vacaciones, todavía, y realmente estoy solo. Pero siéntate, ¿quieres tomar algo? –balbuceé.

–Gracias –aceptó de inmediato.

Hablamos de bueyes perdidos, de estudio, de regiones, de cuanto se nos vino a la cabeza. Parecía que tanto uno como el otro buscábamos una nueva conversación para extender el tiempo de estar juntos.

Tan abstraído estaba en estos recuerdos, que no percibí cuando Pedro me llamó. Entonces, nuevamente:

–Hijo, ¿es que estás dormido?

–No, no, Pedro. Sólo pensaba.

–Pues ahora que estamos juntos y mientras vienen las niñas, te diré. Ese Amin me da mala espina. Es verdad que no debe haberlo pasado nada bien en el madero esa noche, pero no me la creo. Eso de que estuvo tres días tan mal en el barco que lo arrojó al mar... En los años que tengo en esto, nunca presencié una recuperación tal. Cuanto mucho, lo han echado al mar así nomás, pero no ha tenido el maltrato que dice en los días anteriores.

–Sí, todavía tenemos que hablar con las autoridades acerca del tema de los tiempos, el pedido de rescate, la intromisión de nuestra banda de comunicación y cómo es posible que no supieran de ese barco.

Y dirigiéndose a mi hijo, que en ese momento se sumaba a la conversación, Pedro agregó:

–Es más, Federico, cuando regresemos o, mejor aún, desde aquí mismo en tierra, busca un lugar y envía al astillero que pida a los sitios que sea la permanencia del navío en nuestra ruta, en el día del naufragio. Realmente quiero saber con exactitud qué pasó. Después, trataremos de ver el tema de las jóvenes.

–Por supuesto. No nos iremos sin que hayan informado a la embajada de Colombia para enterarnos de qué sucedió con esas muchachas –afirmé.

–Sabes, papá –dijo Federico, pensativo–... Ahora que lo mencionáis, Amin se contactó con alguien en Dakar. Lo sé porque, cuando yo enviaba un correo a un amigo desde la PC, para hacerlo más rápido, busqué en el historial de la máquina, porque no recordaba la dirección. Una cosa me llamó la atención en ese momento: una página de un club nocturno en Dakar. No le di demasiada importancia pero, hoy en la mañana, cuando quise repetir la operación porque quería invitar a mi amigo para cuando lleguemos a Ciudad del Cabo, no pude hacerlo. El historial había sido borrado.

–Bueno, tampoco es para que nos sugestionemos. De todas maneras, Amin se quedará en puerto y nosotros seguiremos nuestro viaje, como lo programamos y con un poco más de seguridad –intenté calmarlo, aunque sin mucha convicción.

Pasamos por la comandancia a eso de las cuatro de la tarde, después de que almorzáramos en un restaurante típico de la isla. Allí fue donde decidimos permanecer un par de días en las islas y realizar algunas excursiones. De todos modos, en la mañana ya nos habíamos registrado en un hotel y, como estábamos relajados, resolvimos quedarnos.

En la comandancia, nos atendió el prefecto al que ya habíamos visto, pero esta vez estaba de civil, con unas graciosas bermudas color caqui y una camisa que llamaba la atención. De un color flúor naranja con algunas impresiones en un verde oscuro, realmente era estridente.

Nos explicó que habían tomado declaración a Amin y que luego había partido hacia la isla menor, en compañía del personal político que lo había esperado a la mañana (en obvia referencia al personaje del traje blanco y anteojos oscuros). Agregó que Amin, antes de irse, había dejado sus respetos y su agradecimiento y que, a la brevedad, se contactaría con nosotros.

Nos acercaron una declaración que debíamos firmar respecto de lo sucedido. Era muy escueta: sólo decía el nombre y el apellido de Amin y que había sido rescatado por nosotros, con exactitud en la hora y las coordenadas. Esto último nos extrañó ya que nosotros, en ningún momento, las habíamos precisado. Creíamos que, para ello, era nuestra visita a la comandancia. Amin, por su parte, deslindaba cualquier responsabilidad civil hacia nosotros.

Pedro me miró y me dijo:

–Tú eres el entendido pero, en lo que a mí respecta, no me complace firmar lo que no he declarado.

–Exacto –le espeté al prefecto–. En realidad, si bien es cierto que recurrimos a un pedido de salvamento y que trajimos al náufrago a puerto, no nos quedan en claro las circunstancias del hecho. Es más, pensábamos que seríais vosotros quienes aclararían nuestras dudas al respecto.

–A ver –dijo el prefecto frunciendo el ceño–… A nosotros no nos está permitido daros las informaciones referentes a los hechos que colocaron al náufrago en esa posición, eso es parte de la información que el ministerio público deberá investigar de aquí en más. Vosotros cumplisteis con la obligación de acudir a un pedido de auxilio al que estáis obligados, por el Derecho marino. Lo hicisteis, y allí termina. Es decir, termina en estas circunstancias: entregáis al náufrago a las autoridades y, de aquí en más, vuestra responsabilidad ha concluido.

Como noté que el tema se salía de madres y no quería mezclarme en una situación que comenzaba a parecerme oscurantista, agregué:

–Acepto los términos de su explicación pero no los comparto. Así que, si usted me permite, nos retiraremos. Haré un par de consultas y luego le entregaremos una declaración oficial, con lo cual daremos por terminado todo. Si esto no fuera posible, entonces le agradeceré me informe usted en qué parte legal no estaríamos de acuerdo.

Sin esperar a que me respondiera, me levanté y, como si fuera un calco, Pedro hizo lo mismo y nos dirigimos a la puerta. Volviéndome, asentí con la cabeza, usando este gesto como despedida.

–Mañana por la mañana lo veremos –fue lo último que dije.

Pedro y yo salimos presurosos de la comandancia, mientras el guardia que estaba en la entrada nos saludaba. Cuando habíamos hecho unos metros, aflojé el paso y le dije:

–Será mejor que llamemos a casa y consultemos con Jiménez, el abogado de la empresa. Que él nos redacte una presentación de acuerdo con lo que le contemos; la firmamos y, mañana mismo, partimos de aquí.

–Mira, hijo, está bien todo lo que dijiste e hiciste allí adentro, pero me parece que no deberíamos irnos tan rápido. Seguramente un día más no nos hará daño, de modo que relájate y vamos al hotel.

Y así fue.

Llegamos al hotel y María estaba en el vestíbulo, ojeando unas revistas. Me acerqué y pedimos un té para compartir el momento. Le conté lo sucedido y se extrañó de la partida de Amin sin despedirse.

En la cena, Federico nos relató que, con Elis, habían comprado las provisiones y que estarían listas para embarcarlas en cuanto lo solicitáramos. Haciendo caso a mi padre, convinimos en que el amanecer de pasado mañana sería un buen momento para partir.

Estábamos de sobremesa, cuando se acercó una señorita de figura muy espigada y, en un español medio atravesado, nos dijo que pasaría temprano para recogernos y realizar las excursiones que María había contratado.

A la mañana, nos llamó el conserje del hotel para decirnos que, en su despacho, había entrado una llamada telefónica proveniente de España, y que esperaban una confirmación para enviar una señal de fax.

Me vestí, lo más rápido que pude, y bajé. Era Jiménez, para enviarme lo solicitado. Hablé con él e, inmediatamente, me mandó el escrito. Lo leí detenidamente y pedí una PC para poder transcribirlo e imprimirlo. Cuando hube terminado, lo firmé y esperé por Pedro para que también lo hiciera.

Cuando llegó la morocha espigada, ya teníamos todo preparado. Le solicité que nos permitiera pasar por la comandancia para dejar el escrito y que luego continuaríamos.

Así se hizo. Entregué una copia al oficial de guardia, no sin antes comunicarle que estaríamos de regreso a media tarde y que, al día siguiente, partiríamos.

Salimos en un vehículo todo terreno desde las puertas mismas del hotel, que estaba alejado de la villa propiamente dicha unos tres kilómetros. Pasamos por el aeropuerto y nos fueron mostrando algunas construcciones nuevas de estupendas viviendas particulares, a las que estaban transformando en lo más parecido al Edén, dentro de lo que el persistente viento arenoso permitía.

Luego de recorrer lo más pintoresco del lugar, sus edificios públicos, algunas plazas y centros recreativos, nos internamos más adentro de la isla, como quien se orienta hacia el noroeste, para luego dirigirnos levemente al oeste, hasta llegar a lo que parecían viejas instalaciones ya abandonadas. De allí, nos dirigimos transversalmente en forma directa hacia el sur para, finalmente, encontrar la carretera que nos llevó a Calheta y Morrinho, poblaciones menores.

La isla en su conjunto parecía moverse al compás de la pesca y las actividades náuticas, sobre todo aquellas en las que preponderaba la vela en toda su dimensión.

Se notaba, también, el tibio comienzo de emprendimientos turísticos residenciales.

Regresamos a media tarde, como se había previsto. Cansados, nos dirigimos a las habitaciones con el fin de refrescarnos.

Cuando subía las escaleras, miré de reojo y vi al morocho del traje blanco que me observaba por encima de sus lentes oscuros. Le resté importancia pero, al doblar por el descanso de la escalera y frente a un espejo en posición oblicua, pude advertir que marcaba un número en su teléfono móvil. No le comenté nada a María, y seguimos hacia la habitación.

Estaba en la ducha, cuando llamaron a la puerta. Era Pedro.

—¿Viste quién estaba en el vestíbulo? –preguntó.

—¿Quién? –intervino María.

—Ya vi –le contesté–, supongo que habrá regresado de la isla menor y ahora se aloja en el hotel.

—¿Y si me informáis de quién estáis hablando? –se impacientó María.

Entonces le contamos acerca del personaje del traje blanco.

—Ah, bueno. Sí, lo vimos ayer a la tarde con Elis, cuando ingresábamos a una tienda. Entró tras nuestros pasos, habló alguna cosa con una de las empleadas y se retiró.

—¿Pero cómo? –se sobresaltó Pedro– ¿No había ido a llevar a Amin a la otra isla?

—Probablemente lo habrá acompañado otro personal –pretendí serenarlo–. Pero bueno, cada uno a sus cosas, tomaré una siesta y luego bajaré.

Pedro se sonrió y enfiló hacia la puerta.

—Los niños han salido de nuevo, así que yo los voy a imitar.

Tras esto, cerró la puerta.

María se dirigió hacia la entrada con un andar provocativo, algo que solía hacer a veces y que despertaba en mí una mezcla de humor, ternura, pasión… y que siempre terminaba en un torbellino de cuasi lujuria.

De espaldas, le echó cerrojo a la puerta, su blusa voló por sobre mi cabeza, su short fue a parar sobre una silla y su corpiño en la clásica posición, colgado de la llave de la puerta. Estaba declarado un estado de guerra inminente. Mi siesta tendría que esperar.

Aquellas vacaciones en Mallorca volvieron a mi mente. Mientras la observaba dormida, de espaldas, con suavidad y ternura recorría su cuerpo.

Habíamos prolongado nuestras vacaciones una semana más: sus padres se habían demorado en un país latinoamericano por una huelga en los aeropuertos y yo, con la anuencia de los míos, también extendí mi estadía.

Por aquel entonces, estaba ya en el tercer año de Ingeniería Naval, y el Chelo no habría de enojarse si no llegaba a ayudarlo. En temporada de receso, siempre colaboraba con el padre de Vittorio, ya casado con mi hermana Josefina. Realizaba labores en la oficina que él dirigía. Es más, muchas veces, en mis vacaciones, lo reemplazaba en su trabajo, mientras él disfrutaba de las suyas.

Desde el primer día en que María me dirigió la palabra y apareció por encima de mi diario, mi vida cambió. Algunos noviazgos inconclusos y amigas sin relación de dependencia, como solía decir yo, habían pasado por mi breve existencia. Pero esto era diferente.

No dejábamos un instante de hablar ni de salir. En verdad, era siempre yo el que hablaba; ella escuchaba, con una muy buena particularidad al respecto: invariablemente lograba que fuera yo quien más saliva gastaba. Al tercer día, supo casi todo acerca de mis jóvenes años.

Dos días antes de la partida de ella con sus padres, habíamos salido a pasear. Recorrimos varios bares de la ciudad, realizamos caminatas por la playa. Ambos sabíamos, ya, que se trataba de algo muy diferente. El tiempo, cuando estábamos juntos, perdía dimensión y terminaba por convertirse en algo maleable que usábamos a nuestra manera.

Aquella tarde, tras un momento en silencio, cosa rara, y mientras el sol caía sobre el mar, dije una tontera. Ella se rió y acercó su cabeza a mi hombro. Sentados en la arena, allí quedamos y, como si se tratara de un prodigio, rocé mis labios contra su cabello.

Mi ser percibió el tenue temblor de su cuerpo, pero nada más.

Así permanecimos hasta que las sombras tocaron la playa y el dorado mudó por un platinado, con un mundo de puntos brillantes que colmó la noche.

Caminamos hacia el hotel sin decir palabra. Creo que todo sucedió en una medida de tiempo inconcluso e imposible de definir. Para entonces, la llevaba tomada de la mano y, de a ratos, cuando subíamos a alguna acera, ella se tomaba de mi brazo. Ahora era yo quien experimentaba esa sensación de temblor en mi ser.

Acordamos encontrarnos en el bar del hotel.

En la puerta de su habitación, tomados de las manos, quedamos un instante mirándonos a los ojos. Entonces, sin más, me atrajo a su lado y me besó.

Mi corazón palpitó a mil por hora, la abracé y respondí a su beso. Nos separamos, sin dejar de mirarnos. Ella comenzó a ingresar a la habitación y, con un beso en sus dedos, los depositó luego en mis labios, cerró la puerta y, de allí en más, el mundo ya no fue el mismo para mí.

IV

Era cerca de la hora de la cena, cuando la puerta sonó como si quisieran echarla abajo.

–Papá, ven rápido –era Elis.

Me levanté, presuroso, y me puse una bata, mientras María hacía lo mismo y se dirigía al baño.

–Es el ATOCHA, vino un guardia a avisar que alguien había subido y que robaron. Federico y el abuelo ya deben estar allá.

Busqué los bermudas de la tarde, me calcé las alpargatas y, con una remera en la mano, salí.

Pedro y Federico se encontraban en cubierta, hablando con el prefecto y un guardia.

–¿Qué pasó? –pregunté.

–Pues… han subido en momentos en que el guardia se ausentó por un instante y han revuelto todo.

–¿Nada más?

–Por lo que vimos, no han roto nada, a no ser por la PC –detalló Federico–. Se llevaron el CPU y las cartas de navegación, que estaban sobre el tablero. Después, creo que nada más.

Me dirigí entonces al prefecto:

–¿Qué está sucediendo, señor? Usted nos ofreció la seguridad para el navío. Todo se hallaba bajo su responsabilidad. Si no podía usted brindarla, no nos la hubiera dado, y seguramente nosotros estaríamos a bordo; tenemos las comodidades para ello. ¿Cuando ocurrió esto?

–Parece que al mediodía –explicó el prefecto–. El guardia tomó contacto con su oficial, me avisaron y mandé entonces a buscaros. Os esperamos en la comandancia para que formalicéis la denuncia correspondiente.

–Un momento –lo interrumpí.

Me dirigí bajo cubierta, a la cocina, y de un anaquel bajo el tablero saqué un cuaderno. El prefecto, que me había seguido, miraba con atención.

–Esta bien, Pedro, no hay problema, no realizaremos denuncia alguna. Aquí están las copias del cuaderno de bitácora con las coordenadas del náufrago y la ruta que teníamos proyectada.

Inmediatamente, dije:

–Federico, mañana a primera hora, compraremos un nuevo *CPU* para la *PC* y lo instalaremos. Demoraremos la partida hasta el mediodía o hasta que contemos de nuevo con el servicio de Internet satelital en el velero.

–Sí –intervino nuevamente el prefecto–, pero es necesario que radiquéis la denuncia.

Creo que mirándolo ya con furia, le lancé una a una mis palabras:

–De ninguna manera. Lo que sucedió fue con la vigilancia oficial ofrecida por usted, de modo que actúe de oficio –y dirigiéndome a mi padre–: Pedro, nos quedaremos esta noche en el velero. Buscad las cosas en el hotel y tú dile a María que arregle todo, por favor.

Me quedé intranquilo. Mientras Federico buscaba a las mujeres en la isla, Pedro se comprometió con las provisiones, en tanto que yo me quedé arreglando unos pocos cables que, en la prisa, habían tirado y cortado.

Comprobé la radio, miré que estuvieran los instrumentos meteorológicos, recorrí el ATOCHA de punta a punta, controlé los depósitos de aceite de los motores y las reservas. Intenté pensar, saliéndome de mí mismo, en qué hubiese hecho, si hubiera querido causar daño inmediato o temporal y, con este pensamiento como guía, me fijé en todas las partes neurálgicas de la embarcación.

Inspeccioné los camarotes, la cocina y, repentinamente, me acordé. En todos los años de navegación, nunca habíamos tenido problemas de seguridad pero, por precaución, en el navío se guardaban dos armas bajo llave. Busqué, entonces, la llave en el cajón de los cubiertos de la cocina y me dirigí a proa, en donde en un tambucho, bajo el espolón, estaba el compartimiento que habíamos destinado para esos fines.

Allí estaban, impolutas y sin que nadie las hubiera tocado. De hecho, el lugar elegido era prácticamente imposible de encontrar.

Estaba ensimismado en estas tareas, cuando María y Elis llegaron al ATOCHA con una camioneta repleta de provisiones y ayudantes que, solícitos, empezaron a descargar sobre cubierta.

Elis hizo hincapié en la importancia de tres cajas de madera de dimensiones medianas y pidió que fueran depositadas con sumo cuidado sobre el techo de la cabina.

—Son algunas cosas que encontré y que me servirán para mi viaje —explicó.

—De acuerdo, pero sería mejor que las bajaran a la bodega, junto con lo otro...

Sin dejarme terminar la frase, agregó:

—Es que las desembalaré e iré probando. No son grandes, lo parecen debido al envoltorio que las protege de los golpes, nada más. Ya verás.

—Está bien. ¿Y Pedro?

—Dijo que se daba una vuelta por las amarras del otro lado de la isla y que vendría en un par de horas.

Pensé, para mis adentros, que era yo quien lo había interesado para que hiciera esa recorrida. Mi padre siempre había tenido un olfato especial a la hora de dilucidar ciertas cuestiones. Por otro lado, si bien era muy comunicativo, algunas veces se volvía parco y testarudo.

Un vehículo utilitario se detuvo frente al velero y, de allí, descendió una señorita entrada en años. Preguntó por María y, al instante, ella asomó la cabeza por el ventilete de la cabina.

—¡Ya voy! –gritó.

Salió ajustándose la camisa con un nudo en la cintura y, con risa pícara, dijo:

—La cena ha llegado.

La conductora del utilitario metió medio cuerpo por la puerta lateral y sacó algunos bultos.

—¿Me ayudaríais, por favor?

—Claro, ya estoy con usted.

Inmediatamente tomé el de mayor tamaño, del que salía un aroma penetrante y apetitoso. María recogió los restantes y despidió a la señorita.

Bajé a la cocina con el paquete y lo destapé. En una charola de inoxidable, un pequeño lechón con su típica manzana y adornado con verduras y frutas de la isla, me miraba fijamente. Indudablemente, la cena sería especial.

—No estaba dispuesta a cocinar... Cuando salimos del hotel, a unos pasos estaba la casa de comidas y lo encargué. Por supuesto, ya estaba en la vidriera.

El día había sido agobiante; en el ir y venir de las vicisitudes casi ni habíamos almorzado. Algunos emparedados con cervezas y un refrigerio a la tarde era todo lo que habíamos visto.

Federico ya había terminado de instalar los elementos y se lo veía contento porque el sistema comenzaba a funcionar de maravillas.

–De paso, cambié la impresora del sistema. La que había era un poco antigua. Además, esta nueva placa en la *PC* también nos permite usar la máquina como radio y, si tengo suerte, podremos ampliar el espectro de nuestro radar de clima, haciéndolo muy preciso en cuanto a señal de embarcaciones. Me explicaron que con el sistema tengo enlace con el continente y, si lo solicito en las comandancias regionales, cuando entremos a su jurisdicción, nos darán los buques posicionados correctamente. También me dieron la ubicación de los radares del sistema meteorológico integrado de la costa oeste, y ya estamos inscriptos en un alerta temprano del clima.

Parecía que el mal momento nos había beneficiado en algo.

En esos instantes, otro utilitario se detuvo en la rada y descendió Pedro, que se despidió afectuosamente del conductor y subió a cubierta. Como para distender la situación del día, le pregunté:

–Oye, Pedro, ¿por qué tuvimos que sufrir un robo para poder encontrar en estas islas un equipo como el que se acaba de instalar?

Pedro miró, sin entender.

–Papá, lo que pasa es que nosotros nunca salimos del mediterráneo y las costas cercanas –me dijo Federico.

–Ya sé, ya sé. Sólo quería hacerlo enojar al abuelo –sonreí.

–Bueno, también tú habías dicho que zarparíamos al mediodía, y mira: la luna casi lo pellizca al sol –me respondió Pedro.

Estúpidamente, miré hacia el poniente, para cerciorarme, y entonces Pedro rió a carcajadas.

Cenamos con tranquilidad. A medida que Federico lavaba los trastos, Elis los iba secando y acomodaba; María se ocupaba del té y cortaba un trozo de pastel (también comprado); Pedro, con su pequeña cafetera, ya estaba volcando el barro en su taza.

Ascendimos a cubierta, todos relajados. Pedro y su pipa se desparramaron sobre la hamaca.

Cruzamos miradas con María, y nos fuimos a acostar. Antes, Pedro había comentado que se quedaría buena parte de la noche en cubierta. Cuando estábamos descendiendo, miré hacia el sector del muelle: el guardia apostado dormitaba tranquilamente.

El sol aún no se dignaba salir. La gran aureola que se reflejaba sobre el mar hacía que las pequeñas olas de la superficie inmediata mostraran destellos multicolores, los pájaros de la rada graznaban y revoloteaban por doquier, mientras algunos barcos pesqueros entraban a puerto.

Ya habíamos soltado las amarras e izado las velas primeras, pero los motores estaban funcionando en ralenti. Con un pequeño movimiento del timón, comencé a retirar al ATOCHA del muelle. Un tenue bamboleo hacia uno de los lados, producto de la brisa actuando sobre la vela, no impidió que su andar fuera directo hacia la salida del puerto; una estela mínima lo seguía por popa, y su marcha se acompasaba con el movimiento que producían las olas.

Cerca de media milla del puerto, Pedro gritó:

–¡A trabajar!

Trabé el timón, y ya María y Elis hacían dupla en las roldadas de las velas. Federico y Pedro tiraban de las cuerdas de la vela mayor, asiéndolas a las guinfas de los laterales, mientras yo aseguraba los cabos restantes. En menos de seis minutos, todo el velamen del ATOCHA estaba desplegado y, como si fuera un corcel retenido por el cabestro, su popa empezaba a devorar el mar. Apagué los motores, destrabé el timón y puse proa hacia el Sur-Sureste.

El sol, ahora sí, tenía media circunferencia sobre el horizonte. En la punta del palo mayor, se escuchaba trepidar la bandera española y el areómetro giraba con rapidez.

–Yo primero –gritó Elis, mientras se dirigía al timón, ya embadurnada en aceite y con los auriculares en su posición habitual.

Me tiré de espaldas sobre el techo de la cabina y lo mismo hizo María; Pedro y Federico se entretenían armando las cañas para pescar. Sentados ya en sus taburetes, probablemente competirían por la presa más grande.

Robinson nos había hablado acerca de un pequeño archipiélago cercano a las costas de Ghana y nos había proporcionado el nombre del Ministro de Turismo, amigo personal de él, para que pasáramos unos días en esas playas

V

Eran pequeñas aldeas de pescadores, que habían apostado al turismo como una forma de producir ganancias adicionales a sus costumbres de vida. El gobierno, interesado en este tipo de emprendimientos, apoyaba fuertemente la iniciativa y, en poco tiempo, habían logrado imponer la región como destino turístico internacional.

Hacia allí nos dirigíamos, y calculábamos al menos cuatro días de navegación. La travesía en sí era una forma de compartir más tiempo juntos; durante las comidas, nos organizábamos y aprovechábamos para ponernos de acuerdo en las labores cotidianas del día. Por supuesto que podríamos haber llevado personal a bordo pero, en una decisión compartida, habíamos rechazado esta posibilidad.

Así, era muy poco el espacio para rehusar alguna de las labores del barco. Por las mañanas, dos horas de fajina en conjunto dejaban la cubierta del velero impecable. El turno de la cocina era de a dos: el que cocinaba no lavaba, y viceversa.

Antes del almuerzo, se trababa el timón y mientras uno controlaba instrumentos otro se ocupaba de las comunicaciones. Después del almuerzo, el encargado de la bitácora era solamente yo. A media tarde, sucedía algo parecido: unos instantes para el refrigerio, previo a algunas cuestiones de rutina. Y a la noche, sí: un descanso general, casi siempre de un par de horas largas, en que el ATOCHA permanecía prácticamente sin movimiento.

Debo haberme quedado dormido, un poco por las pocas horas de sueño de la noche anterior, otro poco por haber madrugado para zarpar y, también, por todo lo ocurrido en los últimos días. Para mí, el mar era como un bálsamo, una línea a tierra de mi espíritu. En él, me sentía sereno, seguro, y con una conexión que me posibilitaba relajarme, incluso así tuviera que sortear inconvenientes.

Desperté por los gritos y las carcajadas de Federico. Con un pez inmenso entre las manos, le hacía notar a su abuelo, una vez más, que era el ganador. Extraña pelea entre abuelo y nieto: desde chico, que le enseñó a pescar, muy pocas veces Pedro pudo después ganarle alguna competencia a su nieto. Y esta no era la excepción.

Federico se puso a limpiar el pescado y Pedro se acercó adonde yo estaba en cuclillas. María se hallaba en el timón y Elis no se encontraba en cubierta.

–Bueno, ¿qué tal si me dices adonde fuiste? –le pregunté a Pedro, sin preámbulos.

–Bueno, tú sabes –me respondió.

–No, no lo sé.

–Es que quiero decir que tú sabes que, desde el primer momento, yo no estuve convencido de Amin, pero bueno, era un náufrago y había que responder. Toda esa historia en la comandancia, el trajeado de blanco, la desaparición de Amin, etcétera, me quedaron en la cabeza. Luego, cuando dije que me iba a dormir una siesta, no lo hice. Me fui a pasear por algunas tabernas del puerto. Fue allí en donde vi a un par de marineros que tenían unas chaquetas que, en la espalda, decían "ZARATUSTRA". Tomé algunas jarras en la barra y, entonces, me enteré de que eran marineros de relevo de ese barco, que a la mañana había amarrado en la isla menor.

–¿Cómo que ese barco estaba en la isla menor? –interrogué, sorprendido.

–Y eso no es nada, también me enteré de que tienen un contrato de reaprovisionamiento para las aldeas del noroeste de África. Es decir, las de nuestro amigo Robinson. Pero espera, que allí no termina todo. Salí con la idea de buscarte y de contarte lo que estaba pasando pero, al abandonar la taberna, y cuando ya casi llegaba a la esquina, dobló la camioneta en la que se movía el trajeado que se llevó a Amin. Me quedé en la esquina, fisgoneando y, cuando salí, vi... a que no sabes qué... Que los marineros subieron a la camioneta y se fueron juntos. Como los años no los llevo porque sí nomás, me di cuenta de que algo pasaba, y de que lo mejor sería salir de las islas cuanto antes. Lo malo es que, cuando llegué al hotel, entraba el guardia que traía las noticias sobre el robo al ATOCHA. En cuanto a donde fui la tarde antes de partir... Bueno, eso es otra cosa, que debemos hablar en la proa y en voz baja.

–¿Por qué tanto misterio? –me sorprendí.

–Es que... para mí, estamos en peligro –dijo casi en un susurro.

–¿Qué? ¿Qué estás diciendo, papá? –y el nombrarlo de este modo ya daba cuenta de mi estado.

–Te lo pondré de este modo. Fui a un prostíbulo del puerto, uno de los más renombrados, no pienses que porque lo necesite. Sucede que, entre las cosas que escuché y averigüé en la taberna, una de ellas era que el mejor prostíbulo de la isla estaba manejado por una mujer marroquí. Allí se encuentran las más bellas mujeres de diferentes procedencias. Y adivina qué. Dicen que es su hijo quien, en sus periplos, recluta a estas mujeres y se encarga de las relaciones, la protección policial y la política de este sitio.

—Amin —dije sin dudarlo.

—Pensé lo mismo, pero no pude comprobarlo. Al abandonar el lugar, me crucé con el morocho trajeado, que me miró sin inmutarse y entró al sitio del que yo salía. El hombre que me llevó en un auto de alquiler al puerto completó mis pensamientos. Amin dijo la verdad en algo: es hijo de un diplomático marroquí. Pero ya muerto. La historia es conocida en la isla. Murió en un barco, en viaje hacia las Islas Canarias. La esposa heredó su pequeña fortuna, vino a las islas y aquí fundó, como gran madame, esto que hoy es.

—Bueno, pero a pesar de lo trágico, tampoco debemos asustarnos así. Es cierto, hemos descubierto una serie de cosas que existen en todos lados, pero de allí a estar en peligro… —intenté bajar el tono de las cosas.

—Hijo, el trajeado es la actual pareja de la madame y, además, la cabeza visible de una organización poderosa dedicada al narcotráfico, trata de blancas, tráfico de armas, etcétera, etcétera. Y lo más: han tenido que ver en los tres últimos sucesos de piratería en las aguas de Sierra Leona, Dakar y Libia. A mí me parece, pues, que están tras nuestros pasos.

Mi cabeza trabajaba a más no poder, mis pensamientos empezaban a ordenarse y una alarma comenzaba a tintinear en mi cerebro.

De pronto, el grito de María.

—¡Carlos Alberto, tu turno!

Apurado, no vi el fuste del foque y me lo llevé por delante. Me rehice y me dirigí al timón. María me miró y preguntó:

—¿Qué pasa?

—Nada —respondí—, sólo un desliz estúpido.

Mientras pensaba, intentaba darle una cuota de raciocinio a mis actos. Algo debía hacer para, de forma inmediata, poner a salvo de cualquier contingencia a los míos.

Fue entonces cuando me acordé de que, hacía poco menos de un año, un funcionario de Guinea se había interesado en uno de nuestros productos. Miembro de una comitiva oficial al Gobierno de España, aprovechó la oportunidad para visitar nuestro astillero y se quedó encantado con un pequeño velero de la línea clásica de madera. Creo que mantuvimos contacto por correo electrónico pero más no recuerdo.

Llamé a Federico con un grito. Como no respondía, le pedí a Pedro que lo hiciera venir y, de paso, que también se acercara él. Tendríamos una reunión de hombres.

—Federico —le pregunté—, ¿te acuerdas de aquel funcionario que vino interesado por el modelo clásico de la línea antigua? ¿No sabes cómo anda eso?

—Ah, sí, los bocetos están terminados. Las muchachas de Legales deben de tenerlos para contactarse con él.

—Bueno, mira, lo que ocurre —… y le contamos, con Pedro, en líneas generales.

—No puedo creerlo. Pero... ¿qué haremos? —balbuceó Federico.

—Por lo pronto, toma contacto con casa y veamos cómo están las cosas con este hombre —le contesté y, de inmediato, me dirigí a mi padre— Pedro, cambiamos rumbo, hazte cargo del timón, mientras veo la ruta que habremos de seguir. Como primera medida, gira hacia el Noroeste y pon proa en línea recta al continente.

Bajé a la cabina, tomé las cartas, tracé el itinerario, volví. Todo, en menos de tres minutos.

—Mira, Pedro, corrige solamente 10 grados a babor y, de esta forma, iremos directamente al puerto de la capital de Guinea. Si todo está bien, mañana estaremos temprano fondeando en sus costas.

Le pedí a Pedro que me reemplazara todo el turno en el timón, ya que intentaría buscar datos en Internet. Bajé y me topé con Federico, que subía con papeles en las manos.

–Mira, Legales ya tiene el informe económico de Wa Zulú, el funcionario de Guinea. Han tenido contacto con él hace dos semanas y están a la espera de la confirmación de unas correcciones que pidió en la envergadura del casco. Yo estoy seguro de no haberlas hecho y Francisco está en Córcega, cerrando un trato.

Francisco era algo así como el manager del astillero. Toda la parte comercial pasaba por sus manos, era el alma mater de los negocios en sus aspectos de relaciones personales. Joven, dinámico, con una imagen cuidada y por demás locuaz, parecía perfecto pero tenía un defecto: le gustaban por demás las polleras, lo que no pocas veces lo sumía en escandalosos romances.

–Bueno, diles a las muchachas de Legales que le comuniquen a Wa Zulú que, dada la cercanía, cerraremos el trato personalmente.

Me dirigí al timón y le hablé a Pedro.

–Escucha, será mejor que, cuando lleguemos a Guinea, nos quedemos en puerto pero, mientras tanto, haremos que un grupo especial venga a ayudarnos en el regreso a casa. Abortaremos la travesía, ¿te parece, Pedro?

–Sí, tal vez sea lo mejor. Pero… mira….

Giré mi cuerpo hacia adonde señalaba Pedro y divisé lo que parecían ser los palos de una embarcación.

–Espera, voy por los catalejos.

Regresé de inmediato y observé a la distancia. Si bien se apreciaba la silueta de un pesquero chico, no se veían más detalles.

–Por las dudas, icemos todo el velamen y no nos descuidemos. Debemos lograr que no se acerque.

La campana de cubierta sonó estrepitosamente, y en seguida estábamos en el trabajo de dar al navío toda la vela.

Escorado, el ATOCHA hacia estribor y empujado por la fuerte brisa, decidimos, entre todos, ubicarnos en el lado opuesto de la escora. Las olas parecían agigantarse con cada acometida del velero que las cortaba como si fuera un cuchillo caliente frente a un pan de manteca.

Con toda la vela desplegada, el viento parecía silbar por entre ella. María y Elis tenían el cabello suelto y peleaban con él para que las dejara caminar por cubierta; la brisa caliente hacía que todos estuviéramos en traje de baño. Federico llevaba sujetado en la cabeza un pañuelo de color rojo vivo, al mejor estilo pirata; Pedro, en cambio, lucía su boina blanca, sin que supiéramos cómo lograba que el viento no se la sacara de la cabeza.

Con las últimas corridas para asegurar los cabos y el resguardo de las velas a los palos, el momento de distensión llegó. Sentados un rato sobre el techo de la cabina, les comenté, en líneas generales, cuál era nuestra preocupación. El resultado fue sólo uno: no se explicaban lo de Amin.

De repente, Federico se incorporó, tomó el catalejo y se dirigió a popa. Tras las espaldas de Pedro, instaló su taburete de pesca y se dedicó a observar el horizonte en pos de los palos que antes habíamos visto.

María decidió bajar a la cocina para preparar su refrigerio, en tanto Elis y yo nos dirigíamos a la PC para intentar hallar alguna información.

Lo primero que hicimos, al contar con el correo de Wa Zulú, fue comunicarle nuestra posición y nuestra creencia acerca de que estábamos siendo observados por delincuentes de altamar. Asimismo, le solicitábamos que informara a las autoridades nuestra posición. Luego, radiamos nuestra ubicación a la comandancia más cercana e informamos que estimábamos el horario de ingreso a puerto en el día de mañana. De la misma forma, requeríamos la frecuencia especial de emergencias marina para la zona.

Ya con un vaso de refresco y algún bocadillo rápido, empezamos la búsqueda.

En primer lugar, investigamos al ZARATUSTRA y, sí, efectivamente era un barco con bandera holandesa, que navegaba las aguas asiduamente entre las Islas Canarias y todo el litoral marítimo de la costa noreste de África. Enseguida nos llamó la atención que sus dueños pertenecieran a un consorcio marroquí y a una subsidiaria de productos agroindustriales con domicilio en Amsterdam. Dentro de este grupo, se leía una empresa *"efco-grup"* que me resultaba conocida.

Más adelante, profundizando el rastreo con el buscador de Internet, encontramos una referencia periodística: '"Zaratustra'. El Gobierno de Sierra Leona detiene, en puerto, al navío en imágenes, por infligir la ley al comercio de armamentos..."

Hacía sólo un año se había suscitado una investigación, luego de que, en una inspección de rutina, se hubiera hallado en sus bodegas gran cantidad de armamento. En la foto de la portada del artículo, se veía la imagen del navío con algunas personas en el puente de mando.

Mayúscula fue nuestra sorpresa cuando acercamos la visión y apareció, claramente, el rostro del hombre del traje blanco, con anteojos oscuros.

Nos hallábamos tan enfrascados recorriendo la información de los últimos hechos delictivos en aguas de las costas africanas que, en realidad, nos costaba apreciar su cantidad. Me pareció hasta estúpido que, al haber decidido un viaje de este tipo, no hubiéramos prestado más atención a este tema, máxime que siempre lo tuvimos al alcance de nuestras manos por medio de la tecnología, que ahora utilizábamos.

En eso estábamos, cuando la pantalla parpadeó en su vértice izquierdo y se oyó el alerta sonoro que nos avisaba acerca de la llegada de un nuevo mensaje de correo electrónico. Elis lo abrió inmediatamente y vimos el escudo de Guinea con el membrete oficial del Ministerio de Asuntos Agrarios. Era Wa Zulú.

"Os esperamos ansiosos. Vuestra visita confirmada desde España, recepcionamos probable hora de arribo. Una goleta del Gobierno os contactará en las coordenadas mencionadas al margen.

Os encontráis dentro de nuestro radar en aguas gubernamentales. Del mismo modo, se adjunta lista de navíos en vuestro radio.

Navegad con tranquilidad, estáis bajo la protección del Gobierno de Guinea."

No terminamos de leer este correo, cuando un avión ya sobrevolaba al ATOCHA y, a su paso, balanceaba las alas en señal de saludo. Salimos inmediatamente a cubierta y vimos cómo la aeronave se dirigía hacia el Suroeste, en busca del navío que desconocíamos.

Volvimos a la *PC* y miramos la lista de barcos y su derrotero. Allí, encontramos el nombre del ZARATUSTRA, camino hacia Luanda, entre otros.

La calma volvió a nuestra humanidad. Tal vez sólo habíamos sido parte involuntaria de la vida en el mar de esta parte del mundo, y nos habíamos atemorizado ante un hecho que nos parecía desastroso.

Elis siguió en la *PC* y yo me dirigí al timón, que recién había tomado Federico. Le pedí el mando porque, en realidad, quería pensar con más objetividad. De esta manera, podría, en soledad, analizar mejor las cosas.

Pero me equivoqué.

Vi venir a María con un pote de crema entre sus manos. Se acercó, dejó una toalla sobre el piso de popa y me extendió el frasco.

—Caballero, hágame el favor.

Trabé el timón y ya con ella sobre la toalla, de espaldas, comencé a pasarle el líquido bronceador. Arrodillado sobre su cintura, le comenté:

—Necesito reflexionar. Me gustaría seguir navegando y no tener que acortar nuestras vacaciones.

—Estaba pensando lo mismo. Tal vez con un poco de raciocinio, encontremos una solución a lo que está pasando y podamos disfrutar un poco más de esto. Ha sido un año muy pesado de trabajo y sacrificios. Además, a no ser por las otras tardes en el hotel, nuestra vida íntima ha sido un desastre, ¿no?

—Claro, es verdad. Pero hagamos un trato —le propuse—. No sabotees mis pensamientos, ve a tomar sol bajo el palo mayor, que yo me dedicaré a recapacitar. Tu humanidad cerca de mí, y en esa posición, va a lograr que me transforme en pirata en este mismo momento.

Riéndose, y con su andar gracioso, recogió la toalla, la revoleó sobre sus hombros y caminó bamboleándose al compás de las olas.

Entonces pensé.

VI

L as cosas suceden en la vida, a veces sin razón, otras con la premura de las situaciones cotidianas.

Mas, pienso, a veces el abstraerse de lo cotidiano en busca de nuevas sensaciones hace que el devenir de las circunstancias nos lleve a sucesos unas veces buenos, otras veces malos, pero la mayoría de las veces nos marcan la vida como sucesos que, en el futuro, llevarán intrínseca esa marca de agua hasta el final de nuestras vidas. Ello, sin querer filosofar, era lo que estaba sucediendo en el Atocha por estos días.

Habíamos salido a disfrutar de un viaje de familia y nos encontrábamos en la vorágine de un conflicto que no habíamos buscado y que mucho menos queríamos sostener en el tiempo.

Pedro, con la sabiduría de sus años y la experiencia de llevar a la familia a buenos puertos, era el que más paños fríos solía poner frente a cada situación que se nos presentaba. Federico, por otro lado, no pensaba nada malo de Amin, solo no podía entender que un náufrago hubiera resistido en un mar picado tanto tiempo aferrado a una cruz y que no tuviera las señales de deshidratación que suelen presentar los sobrevivientes con un par de días soportando las inclemencias.

En un momento, cuando se acercó Pedro con su infaltable pipa, su gorro de marino ya bastante desgastado y su tazón de café negro humeando, levantó la mirada para dirigirse a su abuelo.

—Yo siempre pienso, abuelo, que tu café oscuro, pastoso y tan caliente es como lava extraída de un volcán aromático —le dijo con su voz cansina, cuando lo cierto es que dejaba abierta la ocasión para que su abuelo comenzara con una historia de su azarosa vida.

—Si tú supieras, Federico... Pero para que te quede clarO algo, te contaré por qué tomo este barro, como tú dices, y por qué lo saboreo tanto:

Estaba yo en un viaje de placer con unos amigos por la zona de Marruecos, cuando tan solo tenía 18 años, y lo hacía con un grupete de amigos, de aquellos que se juntan de tanto en tanto y salen de recorrida sin rumbo, en busca de aventuras. No es que yo lo hiciera por necesidad, ya que bastaba que surgiera una oportunidad sin ton ni son, para que me metiera en alguna vicisitud que seguramente me acarrearía toda una serie de circunstancias no deseadas.

Pero bueno, al grano. Estábamos en Marruecos, sentados a la mesa de un bodegón en cercanías de puerto, cuando vimos entrar a una joven muy bien vestida, que desentonaba con los parroquianos que allí nos encontrábamos.

Me extrañó que se acodara en la barra un tanto sucia, más precisamente en la punta contraria adonde yo me encontraba circunstancialmente, ya que había ido a reponer mi copa que, al caerse de mis manos, quedó con el asa rota.

Allí, le espetó sin más al mozo que me estaba atendiendo.

—Oye, chaval, dame una jarra de cerveza.

La voz, entre ronca e imperativa, propia de alguien acostumbrado al mando, hizo que casi todos miráramos hacia la

recién llegada.

Por mi parte, la miré de soslayo, casi con desaprensiON para tratar de interpretar el porqué de esa voz, que en nada se condecía con el atuendo y el porte de la dama en cuestión.

Indudablemente, la moza, de unos 30 años, se percató de mi mirada inquisidora por el rabillo del ojo.

Con la jarra de cerveza y la espuma desbordando todo el contorno de la misma, se acercó hacia donde me encontraba y, antes de que pudiera yo enfilar hacia la mesa donde estaban mis amigos esperándome, apoyó la jarra con fuerza ante mí, a punto tal que algo de la espuma se derramó sobre el mostrador.

–¿Y entonces, guapo? Tú qué miras, qué quieres saber –me espetó, sin más.

Sin inmutarme, la miré con cortesía, pero sin dejar de cotejar cada palmo de su escote y de su cara que, debo decir la verdad, era muy hermosa.

–Pues nada, solo me pregunto qué hace una dama de tu porte por este bodegón –agregué.

Pude observar a mis amigos recostarse en sus sillas, para ver el desenlace de un diálogo que parecía asomar como enriquecedor para un día común.

La dama, sin inmutarse, bebió un largo sorbo de cerveza y, al dejar la jarra, esta vez con delicadeza sobre el mostrador, acercó su cara a la mía y, sin más, me dijo:

–Venía con mucha bronca por la calle, arrastrando un desengaño de un tipo que no se merece ni siquiera que me acuerde y entonces me dije por qué no, y entré por una cerveza. Así de simple.

Comenzamos a charlar y salimos de allí juntos a recorrer el puerto. Siempre pensé que hubiera querido mirar la cara de mis amigos, al ver que yo me llevaba a la rubia despampanante, pero claro, la vida a veces nos da sorpresas y sí pude observar sus caras, después y en otras circunstancias.

Deambulamos por las calles del puerto, hasta que terminé en la casa de la muchacha. Habíamos parado en cuanto bar se interponía en nuestro camino. Recostado en una vieja poltrona de su departamento, esperé a que saliera del sanitario. Entonces, fue a la cocina y me trajo una taza de café humeante, oscuro y muy aromático.

–Toma, bebe —me dijo—, mientras me pongo algo más cómodo.

Bebí el café, casi sin darme cuenta del tiempo transcurrido, y nunca vi regresar a la rubia.

Cuando desperté, estaba en un lugar oscuro, húmedo, nauseabundo y donde se escuchaba el rumor de otros que se iban despertando.

Una vez que mis ojos se acostumbraron a la penumbra enmohecida, reconocí las caras de unos de mis amigos que habían quedado en el bar. Golpeados, dos de ellos con los pómulos reventados por heridas y los labios hinchados por lo que deben haber sido tremendos golpes de puños.

Luego de que pude limpiarles las heridas y, ya más centrados en lo que comenzaba a suceder, nos percatamos, por el constante vaivén del lugar donde estábamos, que se trataba de la bodega de algún barco.

No supimos bien cuanto tiempo estuvimos en esas condiciones, seguramente mucho, ya que la falta de agua en nuestro organismo comenzó a sentirse; nuestros labios estaban tan secos que se comenzaron a agrietar y, además de dolernos en demasía, el ardor se tornaba insufrible.

Otro tema era que el hambre comenzaba a hacerse sentir, y ya nos costaba un suplicio levantarnos o caminar.

Estábamos hablando de cómo habíamos llegado a ese lugar, y así fue como Iñaqui contó que, una vez que yo me había ido de aquel bodegón con la rubia, tanto él como Pelelo habían salido para saber hacia dónde rumbeábamos. Nos siguieron un par de cuadras, cuando se cruzaron con dos señoritas muy jocosas que enseguida les dieron conversación. Se olvidaron de continuar siguiéndonos y fueron a parar a otro bodegón por los suburbios del puerto. Ya por la quinta ronda de cervezas, se sintieron descompuestos y, cuando ambos terminaron en el retrete, a la salida fueron reducidos por tres o cuatro matones que, a golpes de puños, los dejaron inconscientes y, cuando despertaron de esa brutal golpiza, se encontraron en el buque y, a poco, aparecimos nosotros.

La puerta de la bodega se abrió de par en par, la luz del día entró en la oscuridad de la bodega y un chorro de agua, con mucha fuerza, comenzó a darnos por todo el cuerpo.

Al instante, una escalerilla de soga, llegó hasta el piso en donde nos encontrábamos y una voz ronca como un trueno en plena tormenta sonó estridentemente.

–Ea, vamos, rufianes. Empiecen a subir de a uno y cuidado con lo que hacen.

El vociferante individuo tenía un látigo en una mano y en la otra una cachiporra de enormes dimensiones que hacían que, si llegábamos a querer intentar algo, lo pensáramos dos veces.

Iñaqui fue el primero en subir. Enseguida se vio a un flacucho barbudo que subió por detrás y, al llegar casi a la baranda de la compuerta, intentó pegar un salto por detrás del hombretón.

Fue tan fuerte el golpe que recibió que, sin mediar más su cuerpo, pasó por encima de la baranda y terminó en el piso de la bodega, a pocos centímetros de donde estaba. Fue tan sonoro el ruido a huesos rotos que ni siquiera quise mirar cómo había quedado el pobre desgraciado.

Pelelo se tomó de la escalerilla y subió despaciosamente, sin más.

Dos más subieron antes y, justo en el momento que tomaba la soga para empezar mi ascenso, escuché al recién caído que exhalaba un grotesco quejido. Ya casi por la tercera parte de mi subida, miré hacia abajo para ver si el desgraciado se había incorporado, ya que sus quejidos guturales se escuchaban horrorosamente. Pude ver que una costilla salía de un costado de su cuerpo.

Cuando hube llegado y quedé cara a cara con el urso gritón, sentí su fétido aliento que me decía:

—Para allá, chulo, con los otros idiotas, y bien separaditos todos.

El mar estaba por todo el contorno de la cubierta, no había ni un solo atisbo de tierra en el horizonte. Nos vigilaban tres marineros barbudos, harapientos y con inmensos tatuajes azules y negros que casi les cubrían todas las partes visibles del cuerpo.

A uno de los que había subido antes que yo, que después me enteré de que se llamaba Enrique, de apellido Tamayo, lo habían recogido con el mismo modus operandi que a nosotros: una bella dama, un lugar escondido y el posterior despertar en el barco.

Mis amigos no habían tenido tanta suerte. Enrique, o Kike, tenía ademanes muy amanerados, cosa que hizo que más tarde se ensañaran con él.

Apareció un marinero con una olla y algunos cuencos de lata, extrajo del interior de la cacerola algo pastoso, de color marrón que derramó sin cuidado en cada uno de los recipientes arrojándolo a los pies de cada uno de nosotros.

–¡Coman, lo van a necesitar! —gritó, lanzando una horrenda carcajada.

–Agua, por favor —susurró Iñaqui y, como toda respuesta, recibió un baldazo de agua proveniente del marino que estaba a sus espaldas.

Otro balde vino resbalando por la cubierta y pude detenerlo con mis pies. Por suerte, fue lo que nos permitió calmar la sed.

No probé el barro marrón que estaba en el cuenco, preferí tomar agua, litros de agua para calmar mi sed y el hambre.

Casi al atardecer, y después de que nos hicieron limpiar y pintar media cubierta, llegó la segunda dosis de aquel mejunje marrón, pero esta vez nos tiraron un mendrugo de pan duro.

Como autómatas obedecíamos, máxime que a media tarde vimos cómo dos corpulentos marineros traían tomado, uno de los pies y otro de las manos, al infortunado desgraciado que había caído a la bodega, luego de aquel tremendo mamporro que lo catapultó a la nauseabunda bodega.

Los dos ursos, sin decir agua va, tiraron por la borda al flaco desgarbado, quien fue a parar a la inmensidad del mar.

Por la noche, mientras estábamos en la negrura de la bodega, di sin querer con un cajón que contenía unos sacos de tela, con algo parecido a arena embolsada.

Grande fue mi sorpresa cuando rasgué una de ellas y extraje un puñado de aquellos. Cuando lo llevé cerca de mis narices, su aroma estalló en mis narinas.

–¡CAFÉ! –casi estallo en gritos.

Pero sabedor del peligro que significaba el que descubrieran mi hallazgo, solo atiné a guardar un poco en mi puño y tapar mi descubrimiento.

–Oye, abuelo, ¿toda esta aventura para explicarme lo del pastoso café?

–Sabes Federico, desde aquella vez en que el café salvó mi vida y gracias a que una anciana árabe me enseñara a prepararlo de esta forma, nunca jamás, hasta el día de hoy, dejo de tomar el café, pastoso como tú dices, o el barro que tu madre dice que bebo. Pero bueno, ¿quieres escuchar cómo siguió ese periplo?

–Claro que sí, don Pedro —se escuchó decir a Amin, que se encontraba recostado en la hamaca de popa, casi junto al timón.

–Continúo: A los dos días, desembarcamos en una isla casi desierta, alguna que otra choza de paja cerca de unas palmeras. El lugar parecía como del norte de África, seguramente costas de Túnez o algo así.

Un camión esperaba cerca de donde desembarcamos, luego de hacernos cargar los bultos y cajas que venían en parte de la bodega, entre ellas, el tesoro que había descubierto.

Nos hicieron subir al cascajo de camión, nos taparon con lonas y, así, marchamos buena parte del día. Al final de la tarde, llegamos a un lugar en donde, casi en las penumbras del atardecer, descargamos lo que habíamos traído en el camión. Nos llevaron a un galpón en ruinas, y allí dejaron un centinela en la puerta.

Todo lo que vivíamos, casi siempre controlados por dos o tres marineros, lo hacíamos en silencio. No nos permitían hablar y mucho menos que miráramos con detalle los lugares por donde solíamos descansar.

Después, supe porque nos secuestraron como mano de obra desechable.

Eran traficante de hachís y, desde ese día, nuestro trabajo sería procesar la mercadería que en otro galpón envasaban y luego cargábamos en el camión que hacía el recorrido inverso a nuestra llegada. Todo esto, siempre con personas famélicas, como estábamos quedando nosotros, que, para ellos, eran perfectamente reemplazables.

Me había acostumbrado a sorber un potaje del café molido grueso, con agua fría. Esperaba que se humedeciera y casi como un barro lo dejaba estacionar un momento y luego lo contenía en mi boca unos instantes para luego tragarlo en un santiamén.

Hablábamos en la noche de cómo escapar de esto. Iñaqui era el más deteriorado. Su estructura musculosa era ya un harapo; por su parte, Pelelo, ya no soportaba los hongos que le habían salido en las plantas de sus pies, que aparte del nauseabundo olor que despedían, habían empezado a sangrar. Por mi parte, creo que por el fruto de mi brebaje era el que en mejores condiciones se encontraba.

Otro de los que había llegado con nosotros, esa noche tuvo su fin. Dos guardias del campamento aparecieron de improviso con linternas en medio de la negrura del galpón que oficiaba de lugar de resguardo. Buscaron entre las caras asustadas de los que allí estábamos, hasta que lo enfocaron al pobre desahuciado. Lo tomaron de los pelos y lo arrastraron hasta la entrada, donde le descerrajaron dos tiros sin más decir.

Supimos, al otro día, que lo habían descubierto robando parte del hachís para su consumo.

Ni bien escuchamos la explosión del segundo de los disparos, comprendimos cuál sería nuestro destino si seguíamos quedándonos allí.

Al final del día, nos dejaban que consumiéramos la bazofia que nos daban, como único plato del día. Allí era como si se relajaran en nuestra vigilancia, todo habida cuenta de que era el momento en que las prostitutas que solían traer en el camión, que luego partía con la mercadería empaquetada, se aprestaban a irse con el mismo. Nos empujaban abruptamente al interior del galpón y salían corriendo para tener un encuentro apurado de último momento con ellas antes de que partieran.

Tardamos casi tres días en pergeñar el plan de escape. Además, mi preocupación era que sólo quedaba una caja sin abrir del café que ellos apilaban y de donde solían, una vez a la semana, sacar la bolsa que consumían. En un par de días, abrirían las que yo solía tapar y rellenar con arena, cada vez que sacaba para consumir mi brebaje nocturno. Únicamente Iñaqui sabía de esto, y era el que me decía qué iba a ocurrir el día que se percataran del faltante.

Decidimos escapar la noche siguiente.

Cuando nos encerraran y se retiraran, confiados en el terror que les teníamos, escaparíamos hacia el camión, nos meteríamos en el fondo del cargamento y, a la mañana cuando se percataran de nuestra ausencia, seguramente, si lográbamos nuestro cometido, ya estaríamos en cercanías del puerto rumbo a nuestra posible libertad.

Ya jugado al todo o nada, tomé todo el saco de café que quedaba en el cajón, incluso sin rellenarlo ni taparlo, lo mismo daba morir en el escape o al otro día cuando notaran el faltante de 10 sacos de casi dos kilos cada uno, que había sido el consumo en todo el tiempo del barco y muestra estadía en los galpones.

Iñaqui no logró subir al interior del camión pero sí se zambulló bajo la caja de este cuando comenzó a arrancar, ya que el chofer regresó antes de tiempo, producto de la golpiza que le dio a la prostituta que había elegido.

Los otros vinieron al escuchar los alaridos de la mujer golpeada, y todo se desencadenó apresuradamente.

Los guardias salieron hacia su lugar en la entrada de los galpones; las prostitutas en la parte posterior, sentadas en la compuerta abierta de la caja del camión; Peleo y yo, acurrucados tras las bolsas de hachís embaladas y, seguramente, Iñaqui, aferrado en vaya a saber qué parte de la zona inferior de la caja del camión.

Cuatro horas duró nuestro calvario dentro del camión. Casi al llegar, el camión se detuvo y bajaron las prostitutas casi arrastrando a su compañera apaleada. Apenas en movimiento, vimos una sombra saltar dentro del camión. La tenue luna hizo reflejar la silueta de Iñaqui al tiempo que nuestro corazón nos aconsejó que saltáramos del camión arrastrando a quien recién había subido.

La mañana y su sol, aún mortecino, nos sorprendió en la entrada de una choza mugrosa y destartalada. Aferraba yo a mi cuerpo la bolsa de dos kilos de café, como el trofeo absoluto de la fuga que habíamos perpetrado. Sabíamos que nos buscarían y que, más temprano que tarde, vendrían por nosotros.

Entramos con el mayor de los sigilos a la choza. Éramos cuatro esqueletos ambulantes, cuando vimos algo que nos dejó helados.

Sobre una tabla, apenas al ras del suelo, una alfombra que contenía lo que sería el cadáver de una persona masculina; a su lado, indolente, una anciana que nos observaba con incredulidad.

Tardamos en reaccionar, y ella solo atinó a hacer una reverencia como de bienvenida.

Escrudiñamos la habitación y las dos contiguas para saber si había alguien más. Aterrados, cerramos la destartalada puerta de entrada y vimos cómo la anciana nos hacía señas como de llevarse las manos a la boca, solicitando comida. Nos hicimos entender que nada traíamos, se levantó muy trabajosamente y pensamos lo peor, que pediría auxilio y hasta dónde seríamos capaces de hacer algo, para mantenernos ocultos.

Federico, se reacomodó, entonces, apoyado en el trinquete de popa, y Amin se revolvió en la hamaca, a punto tal de que casi se cae de la misma.

–Por favor, Pedro, siga, siga —dijo Amin.

Como si hubieran sabido de lo que estaba sucediendo con el relato de Pedro, nadie había subido a la cubierta del Atocha. Ya hacía casi más de una hora del relato de Pedro, que mantenía cautivos a sus escuchas.

De pronto, la figura de Elis apareció por la mampara de estribor gritando.

–En veinte cenamos!

–¡Apúrate Pedro, vamos, vamos! —se escuchó a Federico.

Pedro, con su parsimonia acostumbrada, rellenó su pipa, la encendió y, con una inmensa bocanada de humo exhalado que la brisa de la noche se encargó de disipar, continuó:

–La anciana sacó de un recipiente un polvo blanco. Harina, me dije. Lo mezcló con agua y algo parecido al aceite, luego de amasarlo un rato hizo cuatro o cinco bollos, que aplastó con sus manos y estiró luego sobre lo que sería la parte superior de un hornillo. Puso un poco de agua en una tetera de cobre y buscó algo en otro recipiente. Sus manos salieron vacías de él y, al ver su cara desconsolada, me acordé de mi saco de café de dos kilos.

Cuando terminó de revolver la infusión, esta era tan espesa o igual a la que yo me preparaba cada noche, pero con agua fría.

Pasamos tres noches velando al muerto con aquella anciana y, al caer la tarde, cuando ella entonaba una lastimera oración, sabíamos que, al terminar, beberíamos aquel café que nos estaba salvando la vida.

La madrugada de esa tercera noche decidimos jugarnos y abandonar la choza y ver cómo seguiría nuestro escape.

Así lo hicimos y, al llegar hasta la rada del mismo puerto, vimos cómo un buque carguero se disponía a zarpar rumbo quién sabe dónde.

Nos miramos los cuatro, muy a nuestro pesar. El cuarto, que no era de nuestra amistad en el tiempo, decidió no subir. Iñaqui, Pelelo y yo no lo pensamos, subimos subrepticiamente y, ya en cubierta, nos escondimos en uno de los botes salvavidas y allí permanecimos lo que restaba de la noche y casi todo el día siguiente. Para la madrugada del otro día, el fragor de una tormenta en ciernes hizo que nos asomáramos por la hendija de una parte de la lona que cubría el bote salvavidas.

Las dos horas siguientes ya nos era imposible sujetarnos de los vaivenes que se producían en el interior de nuestro refugio.

Nos habíamos salvado de una muerte segura y parecía que, ahora, éramos víctimas de una muerte anunciada por un naufragio en ciernes.

Una explosión hizo que todo el barco temblara. Al instante, aparecieron varios tripulantes con sus chalecos salvavidas que corrían por toda la cubierta. Salimos de nuestros escondites y enfilamos hacia un sector de la cubierta que nos guarecía de las olas que arrasaban la misma.

De pronto, apareció un marinero ya entrado en años y, en un español torpe, nos preguntó por nuestros chalecos, sin saber ni quiénes éramos. Lo agarró de la mano a Pelelo y se lo llevó hacia dentro y, a poco, apareció Pelelo con tres salvavidas y él con uno colocado.

En poco menos de media hora, empezaron a bajar los botes salvavidas, a medida que el barco se escoraba hacia el lado en que caían los botes salvavidas. Subimos al último, en el que también lo hizo el capitán y debe haber sido otro oficial. Me tocó utilizar un par de remos, mientras el capitán, con Iñaqui, acomodaban una lona sobre la popa del bote.

Éramos una cáscara de nuez en un mar embravecido. Una ola se llevó por la baranda de estribor al joven oficial que estaba mal agarrado. Inútil fue que Pelelo y el capitán gritaran e intentaran buscarlo, mientras las olas, cada vez más embravecidas, terminaban de dar vuelta nuestra frágil embarcación.

No sé cuánto tiempo permanecí amarrado a un cabo de la proa del bote. A mi lado, prendido como garrapata, Iñaqui. De Pelelo, nada supimos hasta la mañana en que comenzó a amainar la tormenta y una sirena de un buque nos avisaba que nos habían avistado y convergían en nuestro salvamento.

Cuando tiraron de la popa una cuerda con un salvavidas enorme, no lo podía creer. Pelelo con un buzo azul, no cesaba de gritar de contento al vernos vivos.

Nos salvó un buque pesquero que, crean o no, era español e iba rumbo a Libia a descargar alimentos. Nos quedamos en él hasta el regreso y pedimos que nos dieran trabajo para pagar por lo que habían hecho.

Dos meses estuvimos a bordo y, por esas cosas de la vida, cada tarde, después de nuestro relato de como habíamos ido a parar allí, el cocinero nos deleitaba con una taza de café hecho a la vieja usanza turca, bien oscuro y con mucha borra, COMO SE DEBE, decía Moris, el cocinero.

Así que ya sabéis, párvulos queridos, por qué amo tomar el café de esta forma. Y ahora… ¡A comer se ha dicho! Ya después les contaré como obtuve mi pipa.

VII

La mañana en el ZARATUSTRA era todo trajín. Algunos marineros se encontraban en cubierta, desplazando pequeños contenedores para sujetarlos en forma ordenada.

Era llamativo que esta operación se hiciera una vez que el barco hubiera zarpado pero, indudablemente, la premura por salir no les había permitido concretarlo antes.

En el puente de mando, el morocho que vistiera traje blanco ahora lucía una chomba marinera color caqui, bermudas azules y zapatos de trabajo. Sobre su cabeza, un pequeño birrete. Completaban su atuendo los infaltables lentes oscuros. En uno de sus brazos, se apreciaba un tatuaje de un arpón atravesando a un pulpo. Entre sus labios, apretaba un habano, apagado y consumido hasta la mitad. Sobre su inmenso cuello quemado por los soles del mar, un tatuaje de color rojo, con un centro más negro aún, en forma de escarapela. Su mano izquierda tenía la particularidad de no contar con el dedo meñique. Lo ajustado de la indumentaria que llevaba puesta hacía que, bajo ella, se vislumbrara una excelente contextura física.

En el puente de mando, se completaba lo que aparentaba ser una reunión con tres personas más. Una de ellas, al mando del timón, hasta parecía graciosa: un marinero casi alfeñique, pelo enmotado, muy corto; bermudas verde inglés; una sudadera que, en alguna lejana oportunidad, debía haber sido blanca y, en sus pies, unas descoloridas ojotas hawaianas. El rostro (en el que se destacaban una inmensa cicatriz en uno de sus pómulos que lo recorría por completo, una nariz aguileña y unos ojerosos ojos negros) lo asemejaba a una caricatura. Los dos restantes parecían recios hombres de mar, del tipo de marineros comunes, con sus brazos llenos de tatuajes.

–Las cosas se nos están yendo de las manos. No podemos dejar vestigios de nuestra posición en *Essaouira*.

–Además, cuando retiramos las partes de la *PC*, no buscamos la unidad periférica que existe en la nave. Entonces, toda la información que creíamos destruida todavía está a bordo.

–Sí, pero nuestro hombre en Dakar nos dice que, en estas condiciones, es imposible intentar un abordaje.

–El cambio de rumbo –dijo el hombre del habano– indica que se dirigen a costa segura. Además, con el pedido de destino y la verificación que nos harán en un par de horas, seguramente se hallarán protegidos oficialmente.

–Algo deben haber descubierto para que cambiaran su dirección tan radicalmente.

–Bien, no nos queda más remedio que tomar contacto con el jefe y solicitar precisión de hasta dónde quiere que lleguemos.

En las bodegas, otro grupo de marineros disimulaba más contenedores, en una posición bastante difícil en el caso de que decidieran inspeccionarlos más profundamente. Algunos de estos compartimentos fueron movidos con la ayuda de un equipo hidráulico hacia uno de los lados de la bodega, hacia donde se destinó otro conjunto de contenedores que cerraban el paso.

Al partir de España, desde nuestro astillero, la alegría era contagiosa. Una buena travesía por el desierto, algún que otro oasis y, luego, el encanto, el lujo y varios días en las instalaciones del emprendimiento de Robinson. Cuando él nos solicitó el alquiler del ATOCHA, con personal de nuestra empresa para que lo llevara a este lugar, accedimos porque nos pareció que eso subsanaba una pequeña demora que habíamos tenido en nuestros planes y porque, en realidad, nos gustaba la idea de comenzar nuestra aventura en esas condiciones.

Robinson era una persona que había hecho de su existencia un mundo para los negocios. Todo aquello que reportara dividendos era lícito para él, y muchas veces su vida transcurría en hoteles, aviones o en cualquier otro medio de transporte.

Para algunos, era un individuo oscuro, ya que su inmensa fortuna no tenía país. Originario de Inglaterra, había formado un imperio que prácticamente cubría todo el espectro del universo de las finanzas. Aborrecido por ciertos gobiernos y enquistado en el poder de otros, su persona se diluía entre los negocios, los placeres y los avatares de sus excentricidades.

Cuando lo conocimos, no dudó un instante en expresar lo que quería. Se enamoró instantáneamente del modelo que, por ese entonces, estaba en el tablero. Marcó sus correcciones con énfasis y, al momento de decir que sí, abonó el contrato en su totalidad.

Sus amistades solían ser clientes frecuentes del astillero, incluso antes de que trabáramos trato con él.

En su navegación hacia el lugar paradisíaco que había construido en tan poco tiempo, tocó tres aldeas pequeñas y, en dos oportunidades, tuvo contacto con navíos en altamar. Todo estaba en la bitácora del capitán,

Archivaldo, personal de nuestro astillero que lo llevó en esta pequeña travesía. Pedro sólo lo acompañó hasta la salida de Gibraltar.

Kike, Miguel, Ramón, Francisco y Sofía, cocinera y esposa de Ramón, completaban la tripulación del ATOCHA que llevó a Robinson.

El primer día de navegación con Robinson fue ameno. Llevó como acompañantes a tres hombres y dos mujeres. Una de ellas, llamativamente más joven que los restantes, siempre permaneció en uno de los camarotes sin salir a cubierta y pocas veces a comer (según los dichos de uno de los pasajeros, porque la navegación la tenía constantemente descompuesta).

La segunda de las cuatro noches de navegación, ya en aguas del océano y después de haber dejado atrás Gibraltar, la sacaron a cubierta. La otra mujer y uno de los hombres la sostenían. Se hallaba en evidente estado de embriaguez. Cuando Kike intentó ayudar, muy cortés pero firmemente, le pidieron que se retirara.

Al día siguiente, a media mañana, un pequeño velero se hizo a la par y, previo aviso de que así sería, bajaron un chinchorro con motor adonde trasladaron a esta niña. Según Robinson, habían acordado llevarla al continente, ya que no podría soportar la travesía.

La mañana previa a la llegada a destino, se aproximó un buque de escaso porte, del tipo carguero, y se produjo el cambio de dos pasajeros. Los nuevos que desembarcaron en el ATOCHA eran jóvenes relativamente expertos en los temas del mar, ya que durante el día que permanecieron a bordo, siempre fueron solícitos respecto de las tareas en el velero. Participaron, incluso, en la comida de la tripulación la noche anterior a la llegada.

En la oportunidad en que evacuaron a la muchacha, Robinson se quedó trabajando en su ordenador personal buena parte del día. Dentro de su maleta, junto a un par de teléfonos satelitales, se apreciaba también un sobre marrón de dimensiones abultadas.

De improviso, como el mar estaba picado, una ola golpeó con fuerza sobre la banda de estribor y, en el vaivén del velero, su ordenador fue a parar al piso, cayendo sobre uno de sus vértices.

De la máquina se desprendió la batería y, en la vuelta que dio sobre sí, se cerró, con tan mala suerte que, para completar todo el desastre, una taza de café golpeó sobre la pantalla de cristal líquido.

Robinson inmediatamente la levantó, la secó y evaluó el daño sufrido por la pantalla, que ahora parecía tener una araña negra en el cristal.

La colocó sobre el tablero y le cruzó una banda de goma para asir las cosas en caso de movimiento en la cabina. Luego, desconectó el monitor de la PC del velero.

Entonces, la encendió.

Tecleó, y nada. Probó otra vez, y el mismo resultado.

Tomó uno de los teléfonos y llamó. Del otro lado del aparato lo tranquilizaron, una voz le prometió que le daría las indicaciones para desarmar el aparato, extraer el disco rígido y traspasar la información a la PC del navío.

Salió a cubierta y le solicitó a Ramón algunas herramientas de mano. Al instante, descendió a la cabina y empezó a retirar la tapa posterior de la máquina.

Miró, identificó el disco rígido y lo retiró.

La voz en el teléfono le indicó los pasos que debía seguir para conectarlo al puerto de la otra PC. Desconectó el monitor del ordenador portátil y lo llevó a su posición de origen. Encendió el sistema, y una sonrisa apareció en su cara. Todo estaba allí.

La voz en el teléfono le dijo que debía hacer una copia de seguridad, porque si se habían dañado algunos archivos el disco rígido podría borrar toda la información. Una vez más, la voz, pausadamente, le indicó los pasos y la máquina le señaló: "Proceso terminado, *backup* completo".

En ese mismo instante, una pequeña aclaración apareció en la parte superior de pantalla: "¿Enviar a archivo de seguridad periférico?"

Ya Robinson se estaba despidiendo del interlocutor, colgó y posicionó el teléfono en la valija. Cuando leyó la observación, convencido de que era parte de lo que había hecho, apretó *Enter*, y la observación desapareció.

Robinson, ya más tranquilo, llamó a Sofia para que preparara la merienda de la tarde y, distendido, salió a cubierta. Buscó a Archivaldo, que estaba al mando del timón, y le preguntó cuál sería la hora de arribo estimada.

–A este ritmo, a la madrugada estaremos frente a las costas, señor. Pero, usted sabe, con los arrecifes y el viento como está soplando, creo que será mejor que anclemos antes de la rada de ingreso y desembarquemos al amanecer. Aunque si usted desea lo contrario, podemos pedir que vengan a buscarlo en una lancha rápida, señor.

–Creo que será lo mejor. Me agradaría desembarcar con mi gente, y vosotros podéis hacerlo una vez que amarréis a la mañana. Para ese entonces, yo os mandaré a buscar para instalaros hasta que lleguen todos.

–Correcto, señor. De todos modos, estamos preparados para quedarnos a bordo.

–De ninguna manera. Seréis mis invitados hasta que debáis partir. Por la seguridad del navío no os preocupéis, la guardia del muelle estará a cargo.

–Muy bien señor, estaremos a sus órdenes –asintió Archivaldo.

Sofia asomó su humanidad en cubierta y avisó que el refrigerio estaba en la mesa.

Robinson se dirigió una vez más a Archivaldo.

–Le voy a pedir que no nos interrumpan por un par de horas, tendremos una junta de negocios importante y necesitamos una mayor privacidad que la de costumbre.

–Así será, señor.

La mesa se encontraba servida y los dos jóvenes, sentados a ella. La dama, con anteojos oscuros, se encontraba a la cabecera con el muchacho a su lado. Robinson descendió y, cortésmente, le dijo a Sofia:

–Señora, de este asunto nos encargamos nosotros. Cuando la necesitemos, se lo haremos saber. Vamos a tener una reunión privada. Cuando se retire, por favor asegure la mampara.

Al escuchar esto, Sofía asintió con la cabeza y se retiró, no sin antes cerrar la mampara como se lo habían pedido.

Uno de los presentes se dirigió al anaquel en donde se encontraba el reproductor de música y lo encendió. Buscó algo de su agrado, con el volumen un tanto fuerte, y se sentó.

–Bueno –comenzó Robinson–, sabéis que estamos teniendo problemas en tres distritos de la costa de África debido a nuestras operaciones de armamento. La continua beligerancia política de algunos de nuestros clientes hace que debamos extremar las medidas respecto de futuras transacciones. Pero lo que más me preocupa, Nahir –recalcó, dirigiéndose a uno de los jóvenes que habían abordado en la víspera–, es el constante deterioro en la captación de nuevas trabajadoras. No en su cantidad, sino en la forma en que se están reclutando: dos de cada cinco que ingresan a nuestras filas son investigadas o fruto de un sensacionalismo público que, a la larga, nos perjudica. Dentro del mismo cuadro, a una de cada seis la perdemos, víctima de extraños accidentes. Es decir, la solución que vosotros le estáis dando parece que es muy definitiva, y resquebraja la seguridad de nuestro negocio. Por otro lado, toda esta problemática hace que los gastos de participación hacia las autoridades se incrementen, con lo cual el negocio es más redituable para ellos que para nosotros. Ahora, dime –y se dirigió al otro recién abordado– cómo pensáis corregir esto, Emir.

–Bueno, dentro de nuestra organización, ya se halla en funcionamiento una nueva célula de captación, no en este continente, sino que lo hemos localizado en un país latinoamericano en el cual la vigilancia para estos casos está más diluida.

–Sí, claro. Pero no me vayas a decir que son un par de países en los que estoy pensando, porque sabes que a nuestros mayoristas no les interesa ese producto –aclaró Robinson.

–Señor –dijo Emir–, la organización está trabajando sobre un plan aleatorio en diferentes universidades de todo el mundo, tendiente a lograr productos especiales y que sea imposible relacionarlos entre sí, en caso de realizarse alguna investigación a gran escala.

–Lo que sucede es que ahora existe la opinión, la cual está en proceso de estudio, de que no deberíamos hacer la captación sobre estas casas de estudios, sino en los últimos años de las escuelas medias, antes del ingreso a la universidad, ya que estamos viendo que las solicitudes de nuestros productos están enfocadas a jóvenes de menor edad.

–Claro –intervino Nahir–, eso es parte de lo que le hemos entregado en todos esos archivos que usted ha estado estudiando.

–Sí, no hablemos de eso, que ya bastante renegué con ellos.

–Bueno –dijo Emir–, como verá, toda la información con la que usted cuenta es la que se deberá tratar ni bien arribemos a su complejo. Presumo que las personas que nos estarán esperando tendrán todo preparado para discutir esto y llegar a una decisión al respecto.

–Señores –dijo Robinson–, ahora Anabella os comentará acerca de las nuevas instalaciones que se abrirán en Dakar y os mostrará los tres complejos turísticos. Es necesario que el personal que regentea esas unidades esté lo más cercano a la legalidad posible. Es mucha la inversión y parece ser que, dadas las preferencias, nos propiciarán una renta inmejorable a bajos costos de sostenimiento oficial. Lo voy a solicitar en el cónclave de mañana: no más de un 20% de trabajadoras obligadas por cada unidad. Si después funciona, iremos acrecentando el porcentaje. Además, voy a respaldar, como prueba piloto, lo que vosotros mencionáis como proyecto.

El sol estaba ya con la mitad de su circunferencia en el océano, que de improviso se calmó, a punto tal que la brisa era apenas perceptible. El ATOCHA se desplazaba cansinamente sobre ese espejo inmenso, verdoso, en el cual se reflejaba, invertido, el ocaso. La mitad de la circunferencia contrastaba con la otra mitad, que hacía que el sol pareciera un todo, doblado al bies en las verdes aguas que, por momentos, mecían al velero.

Hacía rato que un navío se había dado a conocer por señales de luces. Pedro, desde cubierta, le había hecho señas de que todo estaba bien y, en una mutua aproximación, ya estaba a la vista de la cubierta de nuestra embarcación.

Lo que parecía ser más que una goleta una cañonera de reducida dimensiones, sobre la cual se enarbolaba la bandera de Ganha, dejó escapar una estridente sirena, a medida que hacía las maniobras de abordaje.

En el puente, un hombre de color saludaba amigablemente, mientras algunos marinos se aprestaban a tirar los cabos hacia el ATOCHA. De pronto, en un correcto español, un marinero gritó:

—Soltad los cabos, será mejor bajar la lancha rápida.

Con un expeditivo movimiento, las máquinas de la cañonera rugieron y se alejaron de nuestra embarcación en tanto que, por el lado de babor, se aprestaban a bajar una lancha inflable. Esta se acerco hasta nuestra banda de estribor, se dejó correr hasta la popa y, allí, atada a ella, subió un oficial.

—Buenas tardes. Por disposición de la superioridad, se me ordena que os acompañe hasta puerto, en donde seréis recibidos por el señor Ministro de Turismo y el señor Ministro de Agricultura. Tengo orden, asimismo, de que el desembarco se produzca esta misma noche, no bien arribemos. La hora estimada es a las 13:00.

—Agradecemos vuestra presencia y, ni bien lo dispongáis, os seguiremos.

—Correcto. Si así lo deseáis, al llegar a las costas, mi personal se hará cargo del timón. Es, más que nada, por las cercanías de la cadena de arrecifes.

—No hay problema, arriaremos las velas y, de aquí, seguiremos a motor.

Dicho esto, el oficial, hizo señas de que se marchara la lancha y él se quedó en cubierta.

Encendí los motores y todos trabajaron en el arrío de las velas. Al verlo, se ofreció para mantener el timón, por lo cual yo acudí en ayuda de los demás.

Terminada toda la operación, ya las sombras empezaron a cubrir el mar, aunque esto duró muy poco porque, como si fuera un juego de escondidas, una aureola imponente se empezó a ver en el extremo del horizonte. El cielo ya presentaba fulgores diminutos de diversos tamaños y, de pronto, como resurgiendo cual ave fénix, la inmensa luna hizo su aparición.

María se había abocado a preparar la cena. Los demás se habían retirado, seguramente a refrescarse. Pedro, por el contrario, se encontraba conversando con el oficial y yo me hallaba en popa, cerca del espolón, mirando el horizonte. El constante ronroneo de los motores a plena máquina se volvía secundario a la hora de escuchar cómo la quilla rompía una a una las pequeñas olas del mar.

A lo lejos, lo que antes se dibujaba como una delgada y estilizada sombra en el horizonte, ahora, agigantada, mostraba cientos de tintineos en toda su extensión, incluso algunos de color rojo que se perfilaban sobre pequeñas sombras más altas y oscuras.

Ya Robinson estaba instalado en sus habitaciones, dignas de un príncipe árabe. Todo el lugar tenía una arquitectura que lo asemejaba a una bella villa morisca.

Puso su portafolios sobre la mesa de fino mármol del recibidor y de él sacó el disco rígido de su ordenador (envuelto en papel satinado), dos unidades periféricas, dos pequeños pen drive, y se fue a bañar.

En eso estaba, cuando alguien llamó a la puerta. Prestamente, el fiel y mudo lacayo que tenía Robinson procedió a abrir. La figura de un joven de anteojos preguntó por el jefe.

Sigmund, el lacayo, le indicó con un ademán que se sentara y esperara. Se dirigió al bar y regresó con un vaso repleto de *wisky* con hielo.

Si algo lo caracterizaba era la capacidad para reconocer las apetencias de todos los visitantes asiduos de su patrón.

Robinson hizo su aparición y se alegró de ver a su visita.

–Menos mal, eres tú. Cómo va, Phillipe, gracias por tus instrucciones. Las cosas están sobre la mesa. Pero ahora no, mejor déjame descansar. No nos harán falta para el cónclave de mañana. Ya lo he decidido. Mejor, después de que todo termine, veremos el material, lo ordenaremos y, luego, tú te encargarás de diseñar todo el sistema para sostener la operación. Es más, alcánzame las cosas.

Tras estas palabras, se dirigió al escritorio y un muro que contenía una falsa repisa se corrió. Una caja de seguridad apareció entonces. En otra parte del escritorio, apretó un botón que hizo que se moviera una pequeña bandeja sobre la cual digitó una clave y la caja se abrió.

–Introduce todo allí y retira la carpeta azul, que es lo único que llevaremos mañana.

Completado esto, cerró la caja y todo quedó como al principio.

Habían pasado poco más de 16 días desde que zarpáramos y casi 25 desde que saliéramos de casa. Nos quedamos tres días en el paraíso de Robinson y casi dos, en las islas de Cabo Verde. Los dos primeros días en altamar fueron magníficos. Después, todo fue trajín, miedo, sospechas, intriga y trabajo en el mar.

Cuando amarramos en el puerto de Ganha, el oficial condujo la maniobra como si fuera el estacionamiento de un coche de alquiler.

Al momento del amarre, los marineros vestidos de uniforme se encargaron de todo. Mientras bajábamos, un vehículo oficial ingresaba y, tras él, otros dos más, pero estos últimos eran de lujo. De uno de ellos, descendió un hombre de color, de figura atlética, con un impecable *jogins* gris. Lo reconocí de inmediato.

–¡*Wa Zulú*! –exclamé.

Presuroso, se dirigió a mí.

–Señor Ortigoza, ¿cómo está usted? Qué sorpresa.

Girando, se prendió de la mano de María y, con un ademán afrancesado, rozó la mano con sus labios. La misma escena la repitió con Elis. Cuando lo vio a Pedro, lo saludó estrechándole la mano y a Federico, con una palmada en el hombro.

–Muchacho, ya confirmé el pedido, parece que hubo un mal entendido pero, ya que estáis aquí, lo aclararemos.

El otro personaje (vestido con impecable bermuda blanca, una camisa negra con algunos vivos rojos y sandalias de cuero) se acercó y, con un gesto, saludó.

–Perdonad –dijo *Wa Zulú*–, el señor Ministro de Turismo de Ganha. Desde este momento, os encontráis bajo su protección.

–Gracias –dijo amablemente–, vuestro navío quedará con vigilancia las 24 horas del día. Mientras os quedéis en nuestra nación, seréis mis invitados y os trasladarán a mi residencia, que se encuentra a pocos minutos de aquí, sobre el mar.

Concluidas estas palabras, realizó un movimiento con las manos y cuatro uniformados que se encontraban en el lugar se apostaron al lado del ATOCHA, uno de ellos sobre cubierta.

La residencia a la cual nos trasladaron era un calco de las que se veían asiduamente sobre el Mediterráneo. De líneas europeas clásicas, tenía una pequeña rada en donde se encontraba un pequeño crucero de líneas modernas.

La casa principal era de dimensiones generosas y digna de un millonario. La vivienda de huéspedes en la cual nos alojaron parecía un resort cinco estrellas. Dos sirvientes enfundados en impecables vestidos blancos nos recibieron y mostraron la propiedad. Cuando estábamos instalados en el comedor, el sol ya había salido a deslumbrar el nuevo día.

María dormitaba sobre mi hombro; la alcé y la lleve a la habitación. Se despertó y me miró. Su sonrisa pícara me gustó.

Alguien llamaba a la puerta en forma insistente. Ya llegaba a ella, cuando Elis gritó:

–Papá, el almuerzo, vamos, arriba.

Abrí la puerta y mi cara lo debe haber dicho todo.

–Pronto, el almuerzo está listo. Nos pasan a buscar en una hora.

Robinson se retiró del cónclave. Estaba furioso. Todo se había complicado. Sus clientes estaban preocupados por las constantes operaciones que debían soportar por parte de las autoridades que, a pesar de recibir sus dádivas, cada tanto (y ahora cada vez más), exigían disimular las actividades.

Para ello, se había logrado consensuar que aquellos miembros o clientes que no pagaran sus cuotas en término, o incluso aquellos que representaran un bajo rendimiento con el material entregado, se ofrecerían, de vez en cuando, como chivos expiatorios. Es decir, al infringir las reglas o disminuir las utilidades, su nombre era entregado a las autoridades, las que, de común acuerdo, infligían el escarmiento hacia dentro y fuera del emprendimiento. Esos eran los operativos de limpieza y descalabro de organizaciones de trata de blancas que salían en los medios aunque, en realidad, sólo eran purgas consensuadas dentro de la organización.

Cuando salimos en avión desde España, rumbo a Marruecos, todo era prioridad. Digo esto porque la idea de pasar cuatro o cinco meses en el mar, nos interesaba desde cualquier punto de vista.

En el caso de Elis, significaba ya el inicio de su práctica para el viaje que la alejaría casi por dos años de la casa paterna. Si bien vivía sola desde hacía tiempo, su contacto con nosotros era diario. No regresaba a su departamento, sin antes haber pasado por casa.

Para María y para mí, en cambio, sería una experiencia novedosa. Es decir, si bien íbamos a contar con la compañía de seres queridos, estaríamos el uno con el otro en contacto permanente durante las veinticuatro horas. Mi trabajo en el astillero, aunque era en la parte comercial y contable, muchas veces me absorbía tanto tiempo como para que siempre deseara estar más en la casa, con mi familia.

Federico, por su lado, no tenía mayores expectativas. Para él, era una más, entre tantas otras navegaciones. Muchas había realizado en su corta vida, casi desde los 15 años, cuando solía hacerlo en compañía de su abuelo, de sus amigos, de Chelo o, simplemente, para probar las unidades con sus compradores. Buena parte de sus logros en los diseños y en las innovaciones se debían, justamente, a estas recorridas.

En cambio, Pedro… era toda una historia.

Este año había perdido a la única mujer de su vida, mi madre. La abuela Lola, para los niños. Fue un triunfo convencerlo para que nos acompañara. Es más, habíamos pensado en desistir de la travesía si no contábamos con su presencia.

El mar, qué decir de este inmenso mundo fantástico que siempre pone de manifiesto la calidad de la fuerza humana. Nada es igual en él. Es el sitio en donde la realidad de cada uno, su perseverancia, su sensatez hacen su aparición. Aquí, el hombre recupera sus pulsiones, su yo verdadero; valora su identidad y la recupera, si es preciso.

La tercera parte del Globo corresponde a la masa líquida, a la que denominamos de cientos de maneras. En ella, todo parece intangible. Esas superficies inmensas, imposibles de controlar, en donde los humanos legislan pero casi nunca controlan. Todo queda sujeto a la posibilidad humana, atado al instinto de supervivencia, ese instinto animal que, en algunas oportunidades, saca las fuerzas incontenibles del yo verdadero al que me refería. La soledad, la convivencia, la coordinación empiezan a tener sentido cuando la inmensidad del mar se abre ante nuestros ojos.

Aquellos que creen en Él, saben que aquí es en donde aparece la verdadera comunión con Dios. Muchos son los que se lanzan a la mar en busca de todas estas cosas. El marinero suele ser un ser excepcional, desde su físico, pasando por sus principios y llegando hasta el mismo centro de sus aptitudes mentales.

VIII

El grupo de muchachos, todos ellos relativamente jóvenes, abordaron el buque carguero, de porte pequeño. En la proa lucía una extraña figura, mezcla de un loro con garras punzantes y el nombre de ZARATUSTRA. Por la popa, las letras eran más grandes y, sobre un fondo claro, estaban pintadas en un rojo casi bermellón. Una pequeña asta y la bandera holandesa, que flameaba en ella. Sus tres palos con cabrestantes, usados de guinches, daban a las bodegas de carga, mientras que su puente de mando se erguía sobre dos pisos de compartimientos. Refaccionado para llevar algunos pasajeros más la tripulación, a simple vista, su aspecto era el de cualquier carguero.

El grupo, muy ameno (compuesto por cuatro muchachotes y dos jóvenes mujeres), fue recibido en el puente por quien parecía ser el capitán y, a su lado, por un marinero y una mujer de erguido porte y figura ruda. Su aspecto cuadraba con el de la tripulación: los brazos enormes contrastaban con la espalda y las piernas, con pantorrillas que parecían las de un deportista; el cabello, de un rubio intenso, terminaba en un extraño rodete que asomaba por un costado de la boina ladeada.

—Ella os mostrará los camarotes que ocuparéis. Serán de dos en dos. Todo lo que necesitéis podréis pedírselo a ella quien, a su vez, os explicará cuáles son los lugares que vosotros no podréis transitar por razones de seguridad en el trabajo —explicaba el capitán—. De la misma manera, también hay algunos horarios que respetar, pero bueno, ella se encargará. En cuanto a los muchachos, si se quedan un momento, quisiera hablar con ellos.

Finalizadas las palabras del capitán, la marinera, con un gesto mezcla de amabilidad y autoridad, les indicó el camino a las damas.

Un par de semanas antes, en la universidad de Salamanca, concluía un curso que se dictaba con la anuencia de la organización no gubernamental de Medios sin Fronteras, destinada a intervenir casi siempre en desastres, conflictos y emergencias internacionales.

Clara y Estefanía, dos jóvenes colombianas, asistían a este curso en calidad de participantes. Su especialidad, la psicología, pensaban ellas, podría servir a la hora de las necesidades.

Si bien el curso trataba acerca de técnicas de salvataje y emergencias en derrumbes, su permanencia en España había sido por otro motivo. Habían terminado un doctorado en psicología institucional, lo que habían logrado por medio de una beca de la casa de estudios de su país, gracias a sus excelentes calificaciones. En los días que les quedaban, y gracias a algún trabajo temporario que tomaron en el país que las recibía, habían podido ahorrar una suma de euros. Esto les permitiría realizar algún corto viaje y, si era económico, mucho mejor.

Asiduas participantes de la Red, lograron contactarse con jóvenes que estaban en la misma búsqueda y, esas casualidades, uno de ellos había participado del mismo seminario que ellas ahora concluían. Este les contaba que se llamaba Amin y que conocía al menos a otros dos jóvenes a los que les gustaría participar del viaje.

Quedaron en encontrase en un bar de Sevilla, para una noche de tapas y para conocerse personalmente. Él se encargaría de citar a los otros interesados.

Si bien el ZARATUSTRA era un carguero, su porte pequeño y su estado general, al pisar cubierta, hacían que difiriera bastante de lo que uno siempre imagina como un buque carguero y ni qué decir del puente; la limpieza y la pulcritud de todos sus espacios eran perfectas.

El porte del capitán era un tanto desalineado, casi como que no se compadecía con la embarcación. La remera a rayas que lucía era similar a la de todos los marineros que se cruzaban; los botines de trabajo, con sus medias cortas arremangadas, todas igual. Lo único que lo diferenciaba de los demás era la gorra roja con un escudo también rojo. Un escudo de aspecto grotesco, con la figura de un loro y sus zarpas. Un habano siempre a medio fumar además de una voz pausada y firme eran sus características más distintivas.

Pero todo tiene su excepción. El marinero que estaba limpiando los instrumentos y el timón parecía de caricatura: bermudas más largos; remera musculosa, de color claro pero sucio y, en sus pies, ojotas.

—Muchachos —dijo el capitán—, quiero solicitaros que, mientras dure vuestra permanencia en el barco, os abstengáis de confraternizar abiertamente con las mujeres a bordo. Es decir, tendréis algunos horarios diferentes a los nuestros ya que, como sabréis, las horas de almuerzo serán por separado. Sí podréis hacerlo, sin problemas, en estos horarios que no sean comunes. Lo aclaro porque, en la vida en el mar, algunas circunstancias no suelen ser las ideales. Si bien vosotros sois pasajeros, no os olvidéis que este es un buque de carga y que el personal, por cuestiones de organización, permanece en el buque un tiempo prolongado. Así que por favor, no transitéis por las cubiertas en compañía de las señoritas.

Junto con Amin, estaba Gilberto. Él era hijo de un acomodado comerciante de Brasil y, si bien podría haberse pagado un pasaje o incluso una excursión en la mejor agencia de viajes, se encontraba prendado de su muy reciente amigo: ese marroquí que recorría el mundo, con las narraciones de sus aventuras en el mar, todas ellas extraídas de viajes de este tipo. Aventuras, sexo, placer, etcétera.

Gilberto quiso entablar lo que parecía una protesta.

–Permítame, capitán –dijo–. En realidad, sabemos que no es un buque de paseo, pero la idea de hacer este viaje, en compañía de las muchachas, era la de pasar buena parte del tiempo juntos. Además, nos parece que ellas deberían estar presentes en esta conversación. No veo que, por la diferencia de género, las estemos marginando de esta cuestión.

El capitán le contestó muy seriamente.

–Vea, m'hijo, el barco zarpará en unas dos horas. Nadie obliga a nadie. Personalmente, no hemos salido a buscar los pasajeros. Vosotros habéis contratado un servicio para que os llevemos a las islas de Cabo Verde, y eso haremos. Por supuesto, bajo nuestras condiciones. Si así no lo deseáis, podéis descender del buque, y asunto concluido.

Los dos muchachotes que completaban el grupo observaban impávidos la conversación, sin ser parte de ella. En realidad, parecían más preocupados por mirar hacia fuera de la cabina del puente de mando y ver cómo revoloteaban las gaviotas que por participar de la cuestión.

Fue Amin quien habló.

—Bueno, veamos cómo están las cabinas. Luego hablamos con las muchachas y, entre todos, decidimos qué hacemos. No creo que debamos llevar las cosas a la tremenda. ¿No crees, Gilberto?

Con una palmada en la espalda y un gesto de su cara, Amin intentó distender la situación.

—Está bien —concedió Gilberto—, vayamos por las muchachas.

Dicho esto, el capitán llamó por el radio de mano a alguien, quien al instante estuvo en el puente.

—Muéstreles los camarotes a los señores y, después, podéis bajar al comedor. Ellos necesitan conversar con las damas, avísele a Gertrudis.

Vieron el camarote y se sorprendieron.

La cabina era por demás confortable: dos cuchetas sobre los laterales, un pequeño sillón en uno de los lados, una mesa diminuta, un televisor con *DVD*, dos ojos de buey por los que se divisaba el mar y una alfombra mullida. Parecía más la habitación de un hotel en tierra, que el camarote de un carguero.

Sobre el lado de la puerta de ingreso, un pequeño refrigerador y, sobre su parte superior, una bandeja con cuatro vasos, una jarra para hielo, y como si todo fuera poco, una vasija con dos hermosas flores.

La impresión se notó en los ojos de Gilberto.

—Busquemos a las jóvenes —dijo.

Inmediatamente, el marinero los acompañó. Pero no al comedor, lugar ordenado por el capitán, sino que, por el mismo pasillo, doblando hacia la izquierda, golpeó a la puerta de lo que parecía un camarote. Enseguida salió Estefanía, quien lucía un cómodo palazo y, en el torso, una remera calada que dejaba ver sus senos, apenas cubiertos por un traje de baño.

–Pasad, mirad lo que es esto.

Curiosamente, los únicos que pasaron a ver fueron Amin y Gilberto. Los otros dos muchachos, Julián y Rafael, se quedaron en los camarotes que les habían sido asignados.

Cuando ingresaron, Clara salía de lo que parecía ser el baño. Con una mirada sonriente y también con un palazo, pero con un diminuto corpiño que no lograba tapar sus exuberantes pechos, dijo:

–El capitán le pidió a… Gertrudis, ¿no?... si es que así se llama… que nos acompañara a la parte superior del puente, que allí hay una pequeña terraza para tomar sol. Que esta era la hora perfecta, porque los marineros están trabajando en las bodegas.

–Sí –continuó Estefanía–, tendremos que arreglarnos con algunos horarios, pero a quién le importa. Nos desquitaremos cuando lleguemos a Cabo Verde.

–Bueno, decid algo –agregó Clara–, o nos vemos más tarde en el comedor.

–Está bien –atinó Gilberto–, sólo pasamos a saludarlas.

Amin sonrió y, nuevamente con su clásica palmadita en el hombro, enfilaron hacia el camarote.

–Dígale al capitán que está todo bien, que nos vemos en la cena, o tal vez antes –le dijo Amin al marinero que había servido de guía.

En la mente humana, hasta el más mísero momento se agiganta frente a la inmensidad del mar. Es tal su magnitud que un instante ínfimo, vivido en soledad, produce el acrecentamiento de las emociones, de los sentidos, y da origen a la mayor de las emociones: la de sentirse vivo intensamente.

Todo lo que ocurre en él es distinto a cualquier otra circunstancia. Incluso aquellos que han escalado la alta montaña reconocen que, en el mar, las cosas son diferentes. El paisaje es uno solo, nada se le asemeja. La melodía de las olas varía según el momento espiritual de las personas y los vaivenes de su pensamiento. Como si fuera un inmenso concierto en el teatro de la vida, las olas trasladan a nuestros estados de ánimo desde el simple murmullo de un atardecer hasta el inmenso rugir de nuestras más profundas pasiones.

La vista se acostumbra a esa gigantesca masa de agua. Las olas, en su acunar, nos arrullan en una canción interminable de nuestras satisfacciones personales, y la comunión con nuestro Altísimo parece perfecta.

Muchas veces he pensado en la gran hazaña realizada por aquel navegante solitario. No pocos han intentado imitarlo, aunque nunca han logrado igualarlo. Dumas consiguió lo que ningún hombre sobre la tierra ha podido al día de hoy. En medio de una soledad absoluta, con los elementos más rudimentarios de navegación y una fe inquebrantable, realizó la mayor de las proezas de un hombre de mar. Y esto, desde el punto de vista de la hazaña, ya que, según él, sólo lo movieron su espíritu romántico y la intención de dejar un ejemplo a la juventud. En el año 1942, no existía la navegación satelital ni las mejoras de la actualidad. Sin embargo, navegó por los cuarenta Bramadores y recorrió 21.000 millas marinas en 274 días. Traspasó el Cabo de Hornos y lo logró con nada más que diez pesos en el bolsillo más 10 libras esterlinas que un amigo le había dado al momento de partir.

Los asistentes al cónclave ya estaban sentados a la mesa.

El salón poseía generosas medidas. De estilo moro, todo era lujo y exhuberancia. El piso de un mármol de tono esfumado, con adornos en motivos afines, imponía al amplio salón una frescura casi palpable. Las ventanas, con sus rejas clásicas, dejaban ver sus paneles de *vitreaux* con figuras de caballeros y corceles. Los borlados de las cortinas, corridas a un lado en extraños moños, realzaban con su rojo intenso las paredes de color ladrillo. Innumerables cuadros de época adornaban las paredes de la sala, y contrastaban con el fino tapiz que se hallaba en una de ellas.

La mesa era imponente, larga, señorial, con un fino mantel bordado en un tono crudo. Los candelabros de oro tenían los cirios encendidos. La luz difusa que gobernaba el lugar parecía resaltar aún más el ambiente. Las flores que adornaban los centros de mesa hacían juego con los manjares que estaban sobre ella. La vajilla y sus cubiertos semejaban refulgentes dibujos que enseñoreaban aún más la mesa.

Los asistentes, con costosas vestimentas, conversaban amenamente, sentados en sillas que lucían en sus respaldares el fino trabajo de ebanistas de antaño.

De pronto, se pusieron de pie. Entraba al salón, vistiendo un impecable esmoquin negro, Robinson.

Los cuatros caballeros saludaron al recién ingresado, mientras que las tres damas que completaban la asistencia permanecieron en sus asientos. Hacia ellas se dirigió el anfitrión y las saludó al mejor estilo.

Hecho esto, y con un ademán:

—Caballeros…

Les indicó así sus asientos, al tiempo que su fiel lacayo retiraba las sillas. Se acomodó y, al instante, aparecieron tres sirvientes que distribuyeron la cena.

El capitán estaba en la cubierta de mando. Su habano, esta vez entero, despedía una delgada línea de humo.

Más abajo, en la cubierta principal, marineros a los gritos soltaban gruesos cabos que caían por la borda. Un fuerte ruido, que parecía como si cientos de martillos golpearan sobre la humanidad metálica del buque, los opacaba.

En un momento, una gruesa y enorme bocanada de humo salió de las chimeneas del buque, y este empezó a moverse. Primero hacia atrás, levemente, y luego, cuando se retiró del muelle, con un suave chasquido, empezó a hacerlo hacia delante, poco a poco. Su popa formó un ángulo agudo y comenzó a desplazarse, en principio como paralelo al puerto y luego, ya sí, con un destino que lo alejaba definitivamente de él.

Entonces, ingresó el capitán al puente de mando. Le dijo algo al marinero en ojotas.

De improviso, la puerta se abrió y la figura de Amin apareció.

—¿Qué haces aquí, no sabes que debes tener cuidado? —le espetó.

—No hay problema —respondió Amin—. Las muchachas están en el camarote y el brasileño, también. No hubo necesidad de aclarar nada. Cuando las vimos, ellas estaban encantadas. Gertrudis había hecho lo suyo. Respecto de Rafael y el otro, bueno, más tarde decides tú.

—Ah, qué bien —comentó el capitán—. Dejaremos pasar hoy y mañana. Luego, veremos si a media tarde les damos algo para que duerman y, entonces, de allí en más, ya nos encargaremos, como siempre. En cuanto al brasileño, me faltan unos datos. Es necesario que averigües qué informó a sus padres. Yo ya arreglé con el principal del puerto. Le dije que, como siempre, debe anotar nuestra partida un día antes. De esa manera, estaríamos cubiertos en caso de que el brasileño hubiera avisado de su partida. Además, en el hostel donde se alojaron las muchachas, ya hicieron desaparecer sus datos. Sólo dejamos el día de arribo. La encargada del hostel, nuestro contacto, declarará, llegado el caso, que las jóvenes partieron en otra dirección.

–Bueno, entonces, recién mañana veríamos de empezar todo –sugirió Amin.

–Sí, espera que yo te avise –ordenó el capitán.

Los pasajeros cenaron, contra lo manifestado por el capitán, todos juntos. Además de participar él mismo de la comida, también los acompañaba Gertrudis.

–Decidí alterar la cena de como se lo había comentado a los muchachos porque entendí que, en realidad, vosotros debéis de disfrutar del viaje, más allá de las medidas rígidas que imparto en la tripulación. También podréis hacer uso del comedor esta noche, puesto que la tripulación ya ha cenado. De modo que, si queréis divertiros mirando algún filme todos juntos, podéis hacerlo. Otra cosa: mañana, muy temprano, la tripulación desarrollará tareas peligrosas en cubierta pero, después de media mañana, se retiran a descansar. Así que, si lo deseáis, Gertrudis os acompañará en una visita por las áreas del barco en que no hay peligro de desplazamiento.

Luego de estas palabras, saludó y se retiró del comedor.

Primero jugaron a las cartas y, en la conversación, buscaban contar sus experiencias. El más interesado en participar era Amin. Los otros dos, Rafael y Julián, parecían inmersos en un mundo diferente, a punto tal que una de las muchachas hizo una pregunta indiscreta.

–¿Acaso vosotros sois pareja? –interrogó Clara.

Rafael contestó.

–No, sucede que no me siento bien. Es la primera vez que subo a un barco y el mar me atemoriza.

El otro, en cambio, manifestó, casi como ofendido:

–Tampoco, para nada. Ocurre que vengo de una ruptura sentimental de muchos años, y no creo que vosotros podáis ayudarme. Hago el viaje, ya que en Cabo Verde me encontraré con familiares.

A Estefanía le pareció adivinar un indicio de enojo en los ojos de su interlocutor, pero prefirió no repreguntar.

La mañana se había presentado espectacular, con un sol radiante. Sin embargo, la larga cena y luego la sobremesa, sumadas al cansancio del día anterior, habían hecho que las jóvenes se levantaran tarde. Gertrudis les avisó que las esperaba en el comedor y que, después del desayuno, saldrían de recorrida por el barco.

Con el sol en la cara, transitaban enfundadas en jeans y remeras, como se los había pedido el capitán en algún escueto diálogo. Para preservarlas de miradas maliciosas, había dicho. En la cubierta del barco, las compuertas de dos bodegas estaban abiertas y se veían personas trabajando. La profundidad de estos compartimientos asustó a las muchachas.

Más atrás, Amin y Gilberto seguían conversando. En cuanto a Rafael y a Julián, habían preferido quedarse en el comedor.

Gilberto, más distendido, le decía a Amin:

—En Canarias, no me pude contactar con mi padre. Le dejé dicho a su secretaria que lo llamaría antes de zarpar, pero con el tema del capitán luego me olvidé. No creo que se impaciente porque no lo llame en tres o cuatro días. Ni bien lleguemos a Cabo Verde, lo haré. La realidad es que sus empresas lo absorben demasiado, y el resto de tiempo lo distribuye entre las mujeres que suele tener. Con la muerte de mi madre, su vida cambió. Nada fue igual. Yo, su único hijo, fui parte de la desgracia que llevó a la muerte de mi madre así que, si bien él no me culpa, es muy poca la comunicación que solemos tener. Nada más dónde habré de estar, y esas cosas.

En esos momentos, se acercó el capitán a saludarlos. Cuando ya se retiraba, un guiño como al pasar desde los ojos de Amin fue perceptible para el marino. Caminando de espaldas, realizó un ademán con el pulgar hacia arriba, en señal de que había captado el gesto hecho por Amin.

Las jóvenes pasaban por la segunda compuerta de las bodegas abiertas de par en par en el instante en que el guinche levantaba un inmenso madero en forma de cruz. Lo depositó sobre la parte opuesta de la cubierta y, nuevamente, su gancho descendió al fondo de la bodega.

–¿Qué es eso? –se interesó Clara.

–Un madero que seguramente tirarán al mar– contestó Gertrudis.

Estefanía aprovechó para preguntarle a su guía:

–¿Podremos tomar sol antes del almuerzo?

–No hay problema –fue la respuesta de la marinera.

La cena había terminado y se dispusieron a pasar a la sala en donde tomarían el café y se discutiría el tema negocios. Los invitados se acomodaron en sillones que permanecían cubiertos por tapices multicolores. Dos sirvientes colocaron sendas bandejas con cafeteras de plata pura. Todos los utensilios, del mismo metal, relucían sobre la base de caoba de las dos mesitas en las que reposaban.

Un tercer sirviente ingresó a la sala y dejó dos cubilotes con hielo, acomodó unas carpetas sobre el bar y se retiró, cerrando las pesadas puertas el salón.

Robinson sacó de un pequeño secreter un diminuto control remoto con el que cerró los postigos, corrió las cortinas y atenúo la luz del ambiente.

Tomó las carpetas de color azul que el sirviente había dejado y distribuyó una a cada uno de los presentes.

–Damas, caballeros, lo que vosotros tenéis en las manos es un informe de nuestros negocios en común.

Podréis ver, allí, un pormenorizado correlato de la marcha de estos. Habréis notado, vosotros, la ausencia de Monsieur Ribéry. Como ya sabréis, fue víctima de un desafortunado accidente, cuando era investigado por la seguridad francesa. Como cabeza de la organización, os diré que nos encontramos trabajando en un proyecto de ampliación, en lo referente a la captación de nuevos empleados en el rubro de Relaciones Personales. El señor Quiñones, del área del sur de América Latina, con sede en Santiago de Chile, nos brindará su parecer acerca de la situación en esa zona.

La reunión continuaba dentro de lo habitual para la estricta seguridad de la que se trataba.

Repentinamente, un zumbido sobre el secreter cercano a donde estaba Robinson hizo que este desviara la mirada. Tomó el aparato, lo miró y se levantó sin prisa aparente.

—Señores, os ruego me disculpéis por un instante, por favor.

Se dirigió hacia la puerta y la entreabrió. Salió del salón, caminó unos pasos por el pasillo que lo unía al salón principal y se enfrentó con Phillipe.

—Qué sucede que es tan importante como para que me molestes cuando estoy en el cónclave —lo amonestó, perdiendo su tranquilidad inglesa.

—Señor, por favor, dígame que usted tiene el periférico que falta.

—¿Cuál periférico? —increpó Robinson.

—Entre las cosas que me entregó su secretario, no está el periférico donde usted reaseguró los archivos —aclaró.

—Escucha, espera. ¿Acaso me dices que la información que guardé no está en el disco rígido?

—Exactamente, señor. En los archivos extraíbles está la información que le entregaron a usted. En el disco rígido se encuentran algunos documentos recuperados y un *backup* del ordenador principal. Sin embargo, la parte crucial, es decir toda la información, se encuentra en un periférico de seguridad.

–No lo puedo creer –exclamó Robinson, llevándose las manos a la cabeza–. Cuando tú cortaste, apareció un recuadro, dándome la opción. Creí que directamente lo almacenaba en el disco rígido que había extraído y que estaba conectado al ordenador.

–No, de ninguna manera –aseguró Phillipe–. Algunos sistemas, para resguardo más intensivo, tienen un periférico auxiliar. Es un programa especial y, de esta forma, se protege el documento recuperado. Cuando tomé el disco rígido y lo procesé, el programa me dijo: "Archivos reasegurados en periférico secundario". Es decir, toda la información que usted guardó está aún en el disco rígido de la máquina que procesó la información.

–Maldición, esto queda entre tú y yo. No te vayas, procesa la información. Ya veremos cómo recuperamos el disco rígido del velero.

Robinson volvió al conclave y se disculpó.

–Problemas de organización. Bueno, acá tenéis las transferencias que se harán, en este mismo instante, a vuestras cuentas. Debo deciros antes, sí, que necesito que aprobéis a libro cerrado el proyecto que, en líneas generales, es el que tenéis en las carpetas azules. Se denomina CAPTACIÓN AFRODITA.

Acto seguido, retiró de un anaquel un ordenador portátil, lo encendió, se sentó frente al secreter y llamó.

–Rudolph, por favor, ven e ingresa tu clave, y la transferencia estará en tu cuenta en un segundo.

Los demás habían imitado a Robinson y extraído sus ordenadores. Siguió llamando a cada uno de ellos, repitiendo la operación primera.

–Bien, hemos terminado. Una sola cosa queda. Sabéis que, cada año, debemos renovar o no los votos de confianza para con quien está al mando. De modo que, señores, si alguno tiene cualquier objeción, os invito a que la expongáis.

El más viejo de los presentes, con una voz muy pausada y con claro acento alemán, dijo:

–Como desde hace siete años, creemos que debes seguir al frente –y miró a los presentes en busca de señales de aprobación.

Uno a uno, fueron saludando a Robinson, en clara señal afirmativa.

Tomaron sol, conversaron y, cuando Gertrudis las buscó, descendieron al comedor. Un pareo sobre sus piernas y una remera de escote redondo, completaba sus vestuarios.

Parlanchinas como toda la mañana, ingresaron al comedor riéndose, saludaron a los muchachos, almorzaron y hablaron acerca de sus países.

–Bueno, tomaremos una siesta y nos veremos a media tarde para ese partido de naipes inconcluso de anoche –propuso Estefanía.

Salieron del salón entre risas y silbidos con tono de broma. Clara hizo una seña con su dedo medio, algo que soltó la carcajada de Gilberto.

Los muchachos buscaron los implementos de pesca y se fueron por el sector de popa.

Gilberto, como no tenía demasiadas ganas, luego de un rato le dijo a Amin que se iba a su camarote. Se recostó, encendió el *DVD*, puso un filme y, en poco tiempo, se quedó dormido.

Cuando despertó, vio que Amin no estaba. Pensó, entonces, que lo encontraría en el comedor, pero no. Recorrió algunos pasillos en su búsqueda y, como tampoco lo hallaba, se le ocurrió que tal vez estaría con

Rafael y Julián. Hacia allí se dirigió, golpeó, pero nadie respondió. Un poco preocupado, fue al camarote de las muchachas, llamó y tampoco obtuvo respuesta.

Entonces, decidió recurrir al puente de mando. Al salir del pasillo para subir por las escaleras de mano hasta la cubierta del puente, vio a Amin, que hablaba con el capitán. Se tranquilizó y resolvió volver al camarote. Cuando Amin regresara, seguramente le contaría qué había estado hablando.

De camino por los pasillos, descendió una cubierta y, mientras se encaminaba a la escalerilla que lo llevaría al camarote, vio venir por el pasillo a Rafael y a Julián, vestidos de marineros. Se rió, casi a carcajadas, y les preguntó:

–¿Qué hacen, acaso hay fiesta de disfraces?

Sin decir una palabra, entre los dos tomaron a Gilberto de las manos y se las torcieron hacia atrás.

–¿Qué pasa? ¡Soltadme, me hacéis daño! ¡Ey, Amin, ayúdame! ¡Por favor! ¿Qué sucede, muchachos?

Con los empujones, sus codos se golpeaban en el estrecho pasillo. Desembocaron en un ambiente más amplio cuando Gilberto vio venir a Amin, presuroso, y, tras él, al capitán.

–¿Qué ocurre, Amin? ¡Que me suelten!

A los gritos, zapateaba Gilberto en el angosto pasillo. Ya cerca de él, Amin lo observó de soslayo y, sin inmutarse, dijo:

–Sostenedlo –y, mirando a Gilberto a los ojos, agregó–. Quédate tranquilo, vas a estar bien.

Acto seguido, extrajo de entre sus ropas una aguja hipodérmica y lo inyectó. Con un movimiento de sus manos, le indicó a Rafael que se lo llevaran.

–Bueno, veamos la otra parte –le dijo al capitán.

Se dirigieron a los camarotes de las muchachas. Amin buscó la llave, abrió, y allí estaban. Dormían plácidamente, sí, pero se trataba de un sueño profundo. Sus posiciones en la cucheta eran un tanto desgarbadas y grotescas.

—Ayúdame —le ordenó el capitán.

Él se dirigió a Estefanía, la más voluptuosa de las muchachas. La desnudó completamente, la acomodó sobre las sábanas, la dio vuelta, miró sus nalgas, nuevamente la dio vuelta, tocó sus pechos y arregló su cabello.

Del mismo modo obró con Clara. Soltó sus cabellos y acarició su pubis.

—Realmente, muy buena mercadería —concluyó.

En eso, ingresó Gertrudis con una pequeña charola de inoxidable.

—Bien, comienza a inyectarlas en dosis normales, veremos cómo evolucionan. Luego, seguiremos en tierra como siempre.

Subieron al puente de mando con las pertenencias de Gilberto. Buscaron el teléfono satelital y enviaron a alguien, en tierra, los números del padre de Gilberto, así como los de sus empresas.

—Empezad ya mismo los contactos, no queremos demorar más el trámite —dijo Amin al receptor del mensaje.

Luego, el capitán se acercó y, con dos vasos de licor, brindaron por el éxito de la operación.

Luego de que pasáramos dos días exultantes en el club privado de Robinson, los muchachos partían en los transportes que nos habían traído. De esta manera, extendían sus vacaciones, bien merecidas, por supuesto.

En el par de días que permanecimos en el club, la secuencia de arribos y partidas de turistas de todas las latitudes lograba que la aldea se convirtiera en un encuentro de diferentes nacionalidades. Aunque algo me llamó la atención: a la residencia de Robinson, sobre la margen más lejana a la entrada del club, sólo se permitía entrar a ciertos invitados.

En las dos mañanas, él tuvo la deferencia de compartir con nosotros el desayuno, en un salón principal del lugar de alojamiento. El sistema parecía ser el de un gran resort hotel, pero con todas las comodidades ambientadas al fiel estilo árabe.

El día de nuestra partida, fueron varios los coches que desfilaron hacia la residencia de nuestro anfitrión. Por la mañana temprano, nos extrañó que él, en persona, estuviera en el muelle, despidiéndonos, no sin antes hacernos un regalo a cada uno de nosotros.

Las damas recibieron sendos brazaletes con una perla engarzada en oro y plata. Federico, un extraordinario cuchillo para caza marina, con una fina empuñadura. Yo, un puñal árabe con la mas bella empuñadora que, debo ser sincero, jamás había visto.

Pedro, en cambio, obtuvo un regalo que no pudimos ver.

–Ábrala cuando hayáis zarpado, y espero que sea digna de usted –dijo, Robinson, misterioso.

Salimos con los motores a marcha lenta. Abandonamos el muelle con la ayuda de un práctico del club de Robinson. Cuando pasamos el sector de los arrecifes, él descendió a una lancha rápida que nos seguía, y la proa del ATOCHA ya estaba de frente a la increíble inmensidad del mar.

Izamos las velas restantes, apagamos los motores y el viento, que soplaba a nuestras espaldas, logró el resto. La vieja bendición marina, "Que los vientos alisios soplen a tu espalda", parecía haberse hecho realidad en nosotros.

Pedro se ubicó en la popa, como queriendo embeberse de parte del viento que hinchaba las velas. Tomó la caja de madera finamente labrada y con incrustaciones en oro, soltó el seguro y la abrió. Sus ojos se hicieron más grandes. A todos nos extrañó su gesto y, como si fuera una real sorpresa generalizada, acudimos a su lado.

En el interior, sobre un colchón de fino raso negro, una pipa del más puro marfil y con boquilla de oro (terminación digna del mejor orfebre) embelesaba a los que mirábamos.

Pedro la retiró del estuche, la sopesó entre sus manos y con un dejo de admiración, después de mostrarla, la guardó celosamente.

Me quedé pensando, entonces, en qué habría querido decir Robinson a los gritos, después de que su sirviente se acercara para hablarle al oído. Pero bueno, si era algo importante, seguramente lo enviaría por radio.

Durante todo el día, el viento sopló en forma favorable a nosotros. Contentos con esto, trabábamos el timón bastante seguido y recorríamos el ATOCHA como si quisiéramos mimarlo en demasía. Todos teníamos algo que hacer.

Cuando preparábamos la travesía, pensábamos en las tareas en el mar. Sabíamos que a los imponderables que, probablemente, nos sucederían deberíamos afrontarlos con la convicción del espíritu de camaradería que surge en estos viajes.

Los reglamentos, las leyes y todas esas cosas que suele escribir el hombre para estos casos se empequeñecen a la hora de enfrentarse a lo inescrutable del mar. El Derecho marítimo, las extensiones y, por sobre todo, algunos ordenamientos poseen un efecto somero a la hora de las necesidades extremas del ser humano.

Gilberto se despertó en un lugar pequeño y oscuro. Le dolían las extremidades por la posición en la que estaba. Sus codos ya no sangraban, como había sucedido momentos antes, producto de los golpes en el pasillo de la nave, cuando Rafael y Julián lo arrastraban. Su boca estaba seca y pastosa. Su cabeza daba vueltas. En el ambiente, un olor agrio y desagradable lo envolvía todo.

Se sentó, sus rodillas casi tocaron su pecho; inspiró y exhaló, y trató de pensar. Tenía la remera cubierta por su propio vómito. Intentó limpiarse con una mano, luego la refregó sobre los pantalones y, entonces, un sollozo escapó de su pecho.

Dónde estaba, qué había sucedido, por qué Amin había hecho tal cosa. Todas las preguntas le venían a la mente. Las respuestas no aparecían, no encontraba el hilo del raciocinio para explicarse lo que estaba pasando.

Súbitamente, empezó a enlazar algunas ideas que, de a poco, fueron tomando cuerpo.

Las conversaciones con su amigo, a quien había conocido en el curso de Salamanca, siempre rondaron sus aspectos familiares. Amin, en todo momento, se había encargado de resaltar su buena cuna y el destino diplomático de su padre. Además, en algunas salidas que habían realizado juntos, se advertía su excelente poder adquisitivo y sus refinados gustos en lo relativo a ropa y comidas.

No, no podía ser. Debía tratarse de otra cosa. Mil y una veces ensayó diferentes argumentos, pero todos se hacían pedazos a la hora de sentir el pinchazo de la jeringa de manos de aquel a quien consideraba su amigo.

Se oyeron pasos y el inconfundible traqueteo al descender de las escalerillas metálicas.

Un ruido, una puerta pequeña que se abre y un plato con algo caliente en el piso; a su lado, una cuchara y una linterna de noche.

La voz, del otro lado, que le dice:

—Come, vendré luego a dejarte ropa y a retirar la linterna. Es mejor que te portes bien. Así, todo saldrá mejor. También traeré una lapicera y papel, donde deberás copiar un texto.

Dicho esto, la portezuela se cierra y los pasos se alejan.

Estaba terminando lo que había llegado en el plato, cuando de nuevo escuchó los pasos. Estos eran más pausados y descendían la escalerilla uno a uno. Se detuvieron en la puerta. Un momento de silencio. Luego, las palabras.

–Gilberto, ¿cómo estás?

El corazón le saltó en el pecho. La voz del amigo, Amin.

–Amin… Amigo, ¿qué ocurre? ¿Por qué todo esto? Sácame de aquí –todo, en un ruego sin tiempo.

Con frenesí, esperando que le respondiera, ya creía oír la cerradura de la puerta que se abría, y...

–Escucha, Gilberto. Escúchame con atención. Estamos contactando a tu padre para que pague una recompensa por tu libertad. Si tú colaboras, todo estará bien y te podrás ir. Haznos a todos las cosas sencillas. Unos cuantos miles no le harán nada a tu padre. Y tú podrás continuar tu vida en tu país, como si no hubiese pasado nada.

Gilberto escuchaba, atónito. No lo podía creer.

–Está bien, está bien, pero… ¿por qué? ¿Qué ocurre con las muchachas? ¿También están en esto?

–Mira –dijo Amin–, es mejor que tú colabores rápidamente con lo que te piden y no pienses en nadie más. De esta forma, saldremos pronto de estas circunstancias, tú vuelves a tu tierra y de lo demás te olvidas. Mientras más demores y más preguntas hagas, peor será. No estoy solo en esto.

–Bueno, sí, haré lo que digáis –respondió Gilberto.

No había pasado más de media hora, cuando los pasos primeros volvieron. Gilberto se incorporó. Tomó el plato en una mano y la cuchara en la otra. Su estado era mejor que al despertar, las calorías insumidas lo habían despejado y estaba dispuesto a dar un vuelco a la situación. Debía llegar, como fuere, al camarote de las muchachas.

—Pásame la linterna y hazte hacia atrás —se escuchó.

Puso la linterna en la portezuela que se abría y, entonces, oyó el ruido de otro candado que, al abrirse, se caía al piso. Luego, percibió el sonido de los goznes de un pasador falto de aceite. La puerta se destrabó y se movió lentamente. La luz le molestó al principio, pero enseguida el marinero lo alumbró a la cara. Con sus manos a la espalda, Gilberto esperó.

—Quédate donde estás. Te alcanzaré ropa, luego te daré papel y lápiz y escribirás el texto. Apoya la hoja en la pared y no me causes problemas.

Gilberto tenía un físico bien armado. Su amor por las playas de Río de Janeiro se le notaba en la piel. Buen deportista, aunque no destacado, su contextura mediana era buena y sin demasiada grasa.

Cuando el marinero se agachó para levantar la muda de ropa y tirársela a Gilberto, este le saltó encima. La fuerza del golpe aturdió al marinero, que cayó al piso. Inmediatamente, Gilberto estuvo encima de él y, con un certero golpe con la cuchara, se la clavó en la garganta por el cabo. La sangre comenzó a brotar a borbotones y el marinero a padecer temblores, que al instante cesaron.

Gilberto miró la escena como reflexionando. Levantó la muda y limpió la sangre, mientras empujaba al marinero dentro del receptáculo en donde, hasta hacía unos instantes, él había estado. Repasó la sangre que apenas quedaba sobre el piso, cerró la puerta, aseguró la portezuela y empezó a caminar con cautela.

Sintió pasos y se metió en un compartimiento lleno de trastos, sin puertas. Logró ocultarse tras las cajas y esperó. Intentaba pensar y ubicarse para poder llegar hasta donde estaban las jóvenes. Para él fue una eternidad, hasta que los pasos se alejaron. Con más sigilo aún, subió la escalerilla metálica y se dio cuenta de que estaba en la cubierta de los camarotes. Nuevamente, los pasos en sentido contrario. Descendió la escalerilla y se escondió una vez más tras las cajas.

Amin. Con su andar tranquilo, estaba en el puente en donde había cenado. El mamarracho de marinero ya no estaba en el timón, y dos más se hallaban al mando. Iban y venían.

—¿No volvió Remigio con la nota del brazuca? —preguntó Amín.

—No —dijo uno de ellos.

—Está bien, iré yo —dispuso Amin.

De pie en la puerta del compartimiento, encendió un cigarrillo e interrogó:

—Oye, Gilberto, ¿completaste nuestro pedido?

El silencio como respuesta.

—Gilberto, ¿me escuchas? ¡No empecemos! —gritó— Muy bien. Mejor que lo hayas hecho —gritó de nuevo.

De pronto, sus ojos se detuvieron en una pequeña mancha roja sobre la pared del pasillo. Cuando se acercó a mirar, un débil hilo de sangre comenzaba a salir del compartimiento.

—¡Coño! —y sus gritos iban en aumento.

Se dirigió al intercomunicador y rugió:

—¡Venga alguien con la llave del calabozo! ¡Ya, ya! ¡Hijo de su madre, este se ha matado!

En ese instante, llegó un marinero con las llaves. Abrieron la puerta y, tras encontrarse con la escena, Amin salió disparado hacia arriba.

Gilberto oyó los alaridos y se dio cuenta de que no tendría tiempo. Subió las escalerillas, de dos en dos los escalones, y desembocó en el pasillo de los camarotes. Dobló a la izquierda y se prendió del picaporte del camarote de las jóvenes. Golpeó sin obtener respuesta.

Cuando se dio vuelta, Amin, desde un extremo del pasillo, lo miraba. Giró su cuerpo intentando ver la posibilidad de una escapatoria en sentido contrario, y dos marineros estaban allí. Se abalanzó sobre Amin pero, antes de llegar, este se hizo a un lado y un fuerte golpe en la cabeza desmayó a Gilberto.

Un vehículo utilitario se detuvo frente a la entrada de nuestros aposentos. Al salir, nos quedamos realmente maravillados. Si bien cuando habíamos llegado, en la madrugada y con las primeras luces del alba, habíamos visto que el lugar era de una belleza inusual para la zona en donde estábamos, ahora, con el sol en el cenit y la vista panorámica, nos dábamos cuenta de que nuestras apreciaciones se habían quedado cortas.

A lo lejos, las dunas contrastaban con el verde intenso de las cercanías del sitio en donde nos hallábamos. Palmeras y árboles tropicales lo colmaban todo; un sendero que subía; una pequeña duna, transformada en colina, parecía serpentear entre algunos arbustos verdes y floridos a sus lados.

Un camino de piedra marcaba la entrada a otras instalaciones, más allá de donde nosotros estábamos, y una cinta asfáltica perfecta llevaba a la casa principal. Esta senda se dividía, pocos metros más adelante, y se dirigía a un pequeño muelle que, seguramente, era por donde habíamos llegado.

Caminamos hacia uno de los lados. Entonces, vimos el yate del dueño de casa y, más allá, al ATOCHA, que ostentaba dos guardias sobre su cubierta, vestidos con un llamativo uniforme rojo intenso.

El móvil nos acercó hasta lo que parecía un pequeño campo de golf, como de práctica. Allí, algunos hombres y un trío de mujeres practicaban golpes en las guardillas para estos casos. Otros sólo conversaban, sentados en cómodas reposeras, con sirvientes a su lado.

En cierto momento, quien nos hospedaba nos vio llegar y se levantó de repente. Con una sonrisa de oreja a oreja, se acercó hacia nosotros, saludándonos efusivamente.

–Venid, venid. Por favor, acomodaos. *Wa Zulú* me encargó que os atendiera. Él, ni bien termine de resolver algunos temas en su oficina, se reunirá con nosotros para almorzar. Espero que hayáis disfrutado del descanso, pedid lo que deseéis y, al momento, seréis complacidos.

Vestido con una sobriedad perfecta, el Ministro de Turismo lucía un pantalón blanco con rayas impecables y una camisa color crema muy delicada, con botones que, sin duda, eran de marfil; en sus mangas, cortas por supuesto, se destacaba un pequeño bordado de color bermellón, rematado con finos hilos dorados. Sobre su cabeza, descansaba una boina blanca, perfectamente conformada. Sus sandalias color negro brillaban con los reflejos del sol, con la particularidad de no poseer taloneras, algo que dejaba traslucir unos talones bien cuidados, sin grietas ni resquebrajaduras (tan usual entre la gente del desierto). Completaba su vestuario un fino par de lentes oscuros que, por alguna extraña razón, eran del tipo redondo y pequeño, muy dispares con respecto a los que usaba la mayoría. De a ratos, nuestro interlocutor miraba por encima de ellos, mostrando sus diminutos ojos oscuros que contrastaban con sus enormes y abultadas cejas.

–*Wa Zulú* está muy entusiasmado con la concreción de su adquisición, no ve la hora de tenerlo para empezar a disfrutarlo –dijo–. En realidad, cuando nuestros tiempos nos lo permiten, salimos a navegar por el litoral de la zona. Algunas medidas de seguridad nos impiden ir demasiado lejos. Nuestra marina, como vosotros habréis podido observar, no cuenta con los elementos necesarios a la hora de patrullar nuestro litoral marítimo, así que acostumbramos hacerlo en coordinación con la aviación.

Cruzábamos precisiones sobre nuestros avatares, cuando este sujeto nos explicó algo que, de inmediato, aclaró mis dudas.

–Sucede que, por estos lares, los malvivientes, atracadores y contrabandistas suelen interferir las ondas de radio. Muchas veces se hacen pasar por la autoridad marítima y conducen a sus presas a los lugares indicados para sus correrías. Por eso, cuando *Wa Zulú* me informó acerca de vuestros temores, y de que estabais en aguas territoriales, solicité a mi colega, el Almirante *Zahiri*, que os fueran a buscar.

El capitán del ZARATUSTRA recibió el radio escrito que le acercó el marinero.

–Señor, se comunicarán con usted en veinte minutos por chat.

–Está bien, voy a mi cabina. Buscad a Amin, y que me vea inmediatamente.

Se dirigió a su camarote mientras masticaba el habano apagado y mascullaba improperios indescifrables.

Entró, encendió la *PC*, la conectó al sistema satelital y comenzó a escribir. Al instante, la señal de correo apareció en su pantalla. Era Robinson, con su código para estas cuestiones.

-zatra 13: Urgente, debemos preparar una operación para poner un espía en el ATOCHA que debe estar a pocas millas de vosotros, rumbo a Luanda.

-Capoli 6: Correcto, estableced coordenadas y rumbo de la embarcación para poder abordarla.

-zatra13: No debe ser una operación especial, hay que disimular un medio para, repito, poner un hombre de confianza en el navío. Debe recuperar información importantísima, no importa el costo y los riesgos.

-Capoli 6: A bordo está *Amin Dipp,* veremos de coordinar con él.

-zatra 13: No debe arriesgarse a ser descubierto. Debe, por todos los medios, convencerlos para que cambien el rumbo hacia Cabo Verde.

-Capoli 6: Bien, empezamos de inmediato. Radiad coordenadas de la embarcación y avisad a Cabo Verde, nos contactamos a las 16:00.

Terminaba de cerrar el correo y apagar la máquina, cuando entró Amin a la cabina.

–¿Qué pasa? Tenemos problemas con el brazuca. Se escapó de la guardia y mató a uno de los muchachos. Ahora, está en el calabozo de nuevo.

–En fin, esto que ocurre es peor. Hay que poner a un hombre en un velero que está a 60 millas de nosotros, aproximadamente. En un momento, nos darán las coordenadas precisas. No quieren que los abordemos ni que se enteren de que todo está fraguado. Pensaba en repetir la operación del náufrago con la cruz. Espero que no la hayan tirado al mar, como pedí esta mañana.

Dio un grito por el intercomunicador y, al instante, un marinero estaba en la puerta.

–Dile a Casillas que no arrojen el madero al agua. Y si ya lo hicieron, vuelve y dímelo. Anda corre, coño –le lanzó las palabras al marinero que salió corriendo por el pasillo.

Al momento, sonó la chicharra del intercomunicador.

–Es Casilla –dijo Amin–, te habla a ti.

Tomando el aparato, escuchó y luego dijo:

–Bueno, vale, esperad que vamos en un rato. Acomodadla en cubierta.

Lo miró a Amin y continuó:

–Bien, lo que pide Robinsón, según él, no tiene precio. En un rato, cuando tengamos las coordenadas, trazaremos un plan. Este que estoy pensando ya nos dio resultado con el crucerito de Portugal, ¿recuerdas?

–No –aseguró Amin–, es probable que yo me hallara en otra misión, en esos momentos.

–Ese, al que le pusimos un hombre haciéndolo pasar por náufrago y que se terminó cargando a media tripulación. Bueno, no recuerdas, como sea. Luego, llegamos nosotros y pedimos el rescate por los viejos, que después dejamos en Casablanca. Al final, nos enteramos de que podríamos haber pedido el triple. El caso es que no tengo la persona que repita esto, así que tendrás que hacerlo tú. Además, Robinson me adelantó que él conoce a la familia que va en ese navío y que, por razones que desconozco, no hay que joderlos. Aunque, si fuera necesario… Ya veremos, él dirá.

–Sí, pero cómo haremos. Primero, hay que solucionar el tema del brazuca y dejar a las muchachas en la aldea de Mauritania. ¿Podremos con las dos cosas a la vez?

–Lo del brazuca lo hablamos con *Fataljaef*. Puede despachar una lancha rápida a buscarlo. Que lo congelen mientras vemos esto, y luego lo terminamos. Ahora, ven. Si llegaron los datos, te explicaré cómo haremos.

Subieron al puente, en el momento en que el marinero bajaba con un papel, que le extendió al capitán. En la mesa de las cartografías, marcó con un lápiz la línea y posición de la trayectoria del ATOCHA.

–Mira, están aquí, mucho más cerca de lo que pensábamos. Hoy, en el radar, aparecieron a primera hora de la noche; después, salieron del espectro. Pero, si la tormenta amaina, podremos dejarte acá –explicó mientras señalaba con un círculo menor un lugar en el mapa–. Permanecerás al menos cuatro horas en el agua que, por cierto, estará bastante movida. Te dejaremos con el madero que se mantiene a flote y un equipo de seguridad con un lastre. Cuando estás seguro de que ves al navío, sueltas el madero; este se hunde, y tú eres un náufrago. Cuanto mucho, tendrás que aguantarte una hora sin seguridad. Nosotros, al momento de dejarte, deberemos poner proa al continente. Bajaremos a las jóvenes y al brazuca, retornaremos al curso e iremos a Cabo Verde. Repito, no pasarás más de cuatro horas en el mar. Primero, esperaremos a que amaine la tormenta. Menos horas no podemos porque, de lo contrario, es posible que aparezcamos en su sonar, si es que tiene. Interferiremos las ondas de radio, para que el pedido de rescate parezca oficial y luego, en Cabo Verde, nuestra gente hará el resto. Tu obligación es ganarte la confianza y ver si en la *PC* del navío están los archivos que se encuentran bajo la contraseña de PETRO543. De lo demás se encargarán, repito, los de Cabo Verde.

Mientras esperábamos a *Wa Zulú*, recorríamos las instalaciones del sitio en donde nos atendían como a reyes. Entonces, al ver caminar a Elis, recordé aquella tarde en que la llamaron por su trabajo.

Su tesis de doctorado había dejado asombrados a propios y extraños en la universidad. Tanto fue así que, tras recibirse con honores académicos, le hicieron hincapié en que debía profundizar sus teorías y presentar su estudio sobre la concepción inagotable de los recursos alimenticios existentes en el océano y, más particularmente, en las regiones antárticas y en los mares del Sur.

Se rodeó de un excelente grupo de colegas, algunos de ellos de otras nacionalidades, y en un simposio en

Estocolmo, obtuvo el espaldarazo que necesitaba. Con todo el ímpetu que ya conocíamos en ella, se las ingenió para exponer las conclusiones al Gobierno de España, con el deseo de que fueran trasladadas a la Familia Real.

Fue tal el acogimiento que alcanzó su presentación (que posibilitaba hablar no sólo del estudio de las migraciones de la fauna del mar sino también del uso racional de estos recursos y de la incorporación de nuevas faunas y derivados) que, desde la mismísima Casa Real, solicitaron su presencia.

Acompañada por el grupo de estudio, se acercó y puso de manifiesto sus hipótesis, sus inquietudes y la posibilidad de desarrollar el trabajo de campo. Cuando creía que todo había pasado a ser una quimera, recibió la citación del Rey, para un acto en el Palacio Real.

Inmediatamente, vinieron las salutaciones de las altas casas de estudio, de diversas instituciones y de todo el espectro político. Se anunciaba que el Gobierno de España y La Casa Real financiarían la investigación de un grupo de científicos internacionales, coordinados por la doctora en biología María Elizabeth Ortigoza Porta.

Dicha investigación se llevaría a cabo en aguas del mar del Sur, en colaboración con los Gobiernos de Argentina, Chile y Australia.

Wa Zulú vino acompañado por su esposa e hijos. Todas las mujeres vestían trajes típicos de la región, mientras que los hombres parecían más del tipo europeo o, mejor dicho, conservaban aún las costumbres coloniales de otras épocas.

Pasamos a un privado, en donde nos acomodamos alrededor de una inmensa mesa rectangular rodeada por sillas con finas terminaciones en relieve. *Wa Zulú* extrajo una carpeta del interior del portafolio y desplegó varios planos sobre la mesa. Era todo el papelerío de la embarcación que había encargado.

Federico lo analizó detenidamente y dijo:

–Aquí, como verá, están hechas las correcciones sugeridas por usted, además de las especificaciones de por qué hay otras que son técnicamente irrealizables. La conformación de una popa, como la que usted sugería, se realizó lo más parecida posible. Sin embargo, al tratarse de un diseño de época y estilizado a las líneas modernas, se nos hace imposible prolongar más estos parámetros, ya que interferiría demasiado con las cuadernas interiores, y eso haría que el navío se desplazara en forma incorrecta. Por eso, es que le manifestamos que este diseño es lo mejor que se puede obtener, sin poner en peligro la identidad del bosquejo original.

–Entiendo –respondió *Wa Zulú*–. El almirante *Zairi*, jefe máximo de nuestra marina, me hizo la misma advertencia. Incluso me aclaró que, de insistir con lo que yo quería, podría peligrar la línea magnífica del casco. Por ello, decidí dejar todo librado a las manos expertas de vuestro astillero y conferirle la más absoluta confianza en cuanto a las decisiones. Es decir, que el navío conserve la forma que vosotros decidáis, incluso manteniendo, si así lo consideráis necesario, todo el proyecto anterior.

–Bueno, le (agradecemos su confianza –sonreí.

–Por eso, os decía que, en el camino, puede haber existido un mal entendimiento. Aquí están los aspectos formales de la cuestión, vuestro departamento legal me envió una copia de lo que serían los contratos de la operación. Me tomé el atrevimiento de transcribirlos a nuestro idioma y al español también, así que aquí mismo lo firmo. Vosotros me rubricáis el ejemplar en vuestro idioma. Para eso, os lleváis la traducción, la revisáis y, si todo coincide, me la enviáis firmada. Es el paso que nuestras leyes nos solicitan para las transacciones de tipo internacional. Además, aquí está el recibo de la transferencia de fondos a la cuenta que vosotros designasteis. Una vez que constatéis que se encuentra en vuestro poder, me firmáis el presente como recibo provisorio de la transacción y, de allí en más, quedo a la espera de la recepción del navío.

–Entonces, esto hay que festejarlo –exclamé.

–Sí, pero para eso hay una condición –me detuvo *Wa Zulú*.

Quedé mirándolo, y mi cara era todo un signo de interrogación.

–No se asuste, es sencillo. Le solicitamos que nos dé un pequeño pase para el día de mañana en su embarcación. Allí brindaremos por la operación… Es que los niños, mi esposa y, por qué no decirlo, yo también, queremos tener, de antemano, la satisfacción de navegar en un velero, como será el nuestro.

–Hecho –consentimos, al mismo tiempo, Federico y yo.

–Bueno –continuó *Wa Zulú*–, no quisiera empañar este momento, pero vosotros llegasteis a estas costas por otro motivo, y a ello querría referirme. Contactamos a nuestros vecinos, con referencia a lo que sucedió en el litoral noroeste. Ninguno de ellos tuvo una situación de rescate oficial en la última semana. La armada de Mauritania sólo debió proceder por la irrupción en su espacio marítimo, hace tres días, de un helicóptero. Pero se debió a un error involuntario de un navío mercante que cruzaba las aguas territoriales de la zona, y que trasladaba a un enfermo grave al continente. Más allá de eso, nada. De modo que dedujimos que vosotros, posiblemente, estuvisteis en la mira de malhechores que, por estos lados, abundan. Desgraciadamente para mí y para vosotros, el nombre que mencionasteis de ZARATUSTRA no nos es desconocido. Digo desgraciadamente para mí, porque es una embarcación que lleva a cabo tareas de aprovisionamiento con algunos de nuestros vecinos y goza, por así decirlo, de cierto beneplácito por parte de determinada esfera oficial. Sabemos que no realiza actividades garantidas con la ley pero, en más de una oportunidad, cuando nos ha tocado detectarlas, no se desplaza por aguas territoriales nuestras, sino que hace el recorrido fuera de ellas. En estos momentos, su derrotero es hacia Luanda, para reaprovisionarse y regresar con carga a las Canarias. Eso os posibilita continuar vuestro itinerario con un nuevo rumbo, que os pondría bien lejos de su ruta. O, en su defecto, si os interesa, regresar y abortar la travesía. Por nuestro lado, podemos brindaros seguridad dentro de nuestras fronteras y, luego, ir realizando los contactos necesarios para que las demás autoridades hagan lo mismo. En una sola zona no podríamos cubriros, que es el Congo, puesto que no mantenemos relaciones formales. Vosotros podéis quedaros todo el tiempo que deseéis hasta tomar la determinación que creáis conveniente –concluyó.

El mar había estado embravecido toda la noche. Sin embargo, durante la madrugada, había comenzado a amainar la tormenta. No hacía un frío muy pronunciado y la aurora apenas empezaba a hacerse notar. Muy en el fondo del horizonte, sólo se veía un tenue hilo color plata, muy delgado, que, a medida que la luz iba mezclándose con él, se azulaba pálidamente.

Uno de los guinches, el más cercano a la bodega de proa, comenzó a moverse. Dos marineros esperaban debajo de él. En el puente, se hallaban el capitán y Amin, que observaban.

Con pesadez, el guinche amarró la cruz que estaba en cubierta. Se trataba de un inmenso madero que tenía esa forma, casi grotesca por sus proporciones. La izó hasta que se despegó completamente del piso, y empezó a girarla en el sentido inverso a las agujas del reloj. A medida que cobraba altura, el viento aún reinante, ahora acompañado por una fina llovizna, la hacía bambolearse (primero, lentamente y luego, cuando estuvo sobre el vacío del inmenso mar, con más rapidez).

El movimiento y la rotación tomaron después un ritmo un tanto alocado. Un par de veces la cruz se azotó sobre la protección del lado de babor, en la cubierta, pero a continuación, con más altura, comenzó a descender rápidamente. En seguida desapareció de la cubierta principal, con un estruendo que puso de manifiesto que, una vez más, había golpeado en el casco del carguero. De pronto, y al unísono, el malacate se liberó y, con un ruido seco, tocó el agua.

Primero, se hundió hasta desaparecer (por su peso, desde ya) y luego, resurgiendo del fondo del mar, asomó para quedar flotando sobre él.

El malacate siguió soltando cabo, hasta que la cruz sobrepasó la popa. Allí, el envión que traía el carguero ya no existía. Sólo se veía el bamboleo del madero, sujeto al buque.

–Amin, es tu turno –ordenó el capitán–. Aquí, en este envase, tienes unas barras de cereales y agua, en cuatro botellones. Cada uno habrá de durarte menos de dos horas, es decir que, ante cualquier inconveniente, tienes el doble de ración. En este otro, encontrarás un equipo transmisor de seguridad. El salvavidas que se te ha provisto es inflable; hemos tomado esta precaución porque todo el equipo, cuando te avisten, debe ser hundido. Para ello, tienes una serie de contrapesos que se encuentran asidos a dos argollas en el madero. Las dos argollas restantes son para que te quedes asido a ellas mediante los arneses que llevas puestos. Es importante que, en cuanto te divisen, te deshagas del equipo y te sujetes solamente con el cinto que llevarás. Por último, cuando los tengas a la vista fehacientemente, y sepas que han advertido que estás en las aguas, recién allí, tomas estos comprimidos, los rompes con tus dientes y los tragas. Eso te producirá un aletargamiento de casi tres horas, para simular tu condición de náufrago. Lo demás, lo dejo a tu sincera imaginación.

Amin fue descendido y acompañado por una lancha durante algunos instantes, hasta que estuvo asegurado en el madero. Para entonces, ya la claridad estaba encima.

El capitán volvió al puente y ordenó:

–Ahora, rumbo a 90 grados a babor, directo al continente. Radien el pedido de rescate –y dirigiéndose a un ayudante en la mesa de las cartas–: A ver, tú, dame la posición de la última vez que avistamos la luz del palo mayor del velero.

Enseguida, el marino trajo una hoja con algo escrito.

–Bien, tenemos al menos tres horas para desaparecer del horizonte. Ellos, en dos horas más, estarán divisando a Amin. Dame el reporte del tiempo. Ah, otra cosa… Comunícate con nuestro contacto en Dakar: dile que debemos amarrar en puerto y descargar material peligroso.

El sol parecía una gigantesca bola de fuego en el cenit. Desde la oficina, totalmente vidriada, se apreciaba la bahía y la belleza de la exuberante vegetación. Más allá, el Cristo Redentor se alzaba con majestuosa imponencia. La ciudad, a los pies de la soberbia mole de acero y cristal, completaba la exultante vista.

–Señor, una llamada persona a persona desde Marruecos para usted –sonó en el intercomunicador.

Se puso de pie. Desde el sillón en donde compartía unas bebidas con otros, se dirigió al escritorio y respondió.

—Bien, Luisinia, tómela y manifieste que luego llamo, ¿sí? Por favor.

—Señor, lo molesto porque se trata de su hijo. Parece muy urgente.

El hombre, que ya se dirigía de vuelta hacia el sillón, giró sobre sus pasos y, tomando el auricular, contestó la llamada.

—Hola, hijo, ¿qué pasa?, ¿cómo estás?

Del otro lado, una voz magnética:

—En dos horas, nos comunicamos nuevamente. Por el bien y la seguridad de su hijo, no haga nada más.

Inmediatamente, la voz cesó y el peculiar sonido del teléfono descolgado quedó en los oídos del hombre.

La cena, organizada por la esposa de *Wa Zulú* y la propietaria de la villa, había sido muy amena. Más allá de los manjares que nos habían sido servidos, lo maravilloso fue el espectáculo que nos brindaron algunos artistas invitados. Desde las típicas danzas árabes, pasando por las destrezas de un grupo de muchachos con espadas, hasta la exhibición de un mago, que hizo la delicia de los niños, todo pareció confluir en la excentricidad de la noche.

Federico y Elis se quedaron compartiendo la sobremesa con un grupo de jóvenes, algunos de los cuales estudiaban en universidades europeas. Pedro lucía su magnífica pipa, en compañía de algunos mayores que utilizaban las clásicas fumadoras árabes.

María y yo salimos a los jardines, que solamente se encontraban iluminados por tenues luces y, cada tanto, por antorchas ubicadas a todo lo largo del paseo que conducía al mar.

La luna, ya alta, se enseñoreaba sobre las olas, con sus reflejos color plata y, de a ratos, se opacaba con el desfilar de tenues nubes que, cuando pasaban o se interponían en el camino tan redondo y brillante, le daban al paisaje un movimiento sensual. La fastuosa inmensidad del mar, de derecha a izquierda, se poblaba con la claridad lunar que delimitaba el horizonte de tan magnífica escena.

Conversábamos acerca del paisaje que se presentaba ante nosotros, mientras ascendíamos la suave colina que, en la mañana, habíamos visto recortada sobre las palmeras. Luego, nos quedamos tan enfrascados en un largo silencio que, cuando llegamos a la cima, nuestros ojos se agrandaron más aún. La colina parecía estar vigilando un villorrio no muy alejado de nuestro punto de observación.

Las luces sutiles y algunas otras titilantes; las palmeras, perfectamente ordenadas en el horizonte; un camino serpenteante hacia el destino final del poblado, que descansaba sobre el fondo del mar, con la luna dominante lograban que el espectáculo del mar que habíamos visto compitiera con las imágenes que ahora quedaban en nuestras retinas.

Nos sentamos en el césped, nos tomamos de la mano y olvidamos el mundo. Muy a lo lejos, alguien entonaba lo que parecía ser una canción, con un ritmo dulce y propio del lugar. Un laúd, o un instrumento similar, acompañaba la melodía que, de a poco, se fundió en la letanía de la noche.

Había llevado a María afuera, a caminar, con la intención de contarle lo que habíamos hablado en la tarde con nuestros anfitriones. Sin embargo, ante tan magnífica demostración de belleza, preferí callarme y dejarlo para el día siguiente.

Nos quedamos así, tomados de la mano, unos momentos. Después, nos levantamos y comenzamos el camino hacia nuestras habitaciones. Como fondo, la cadencia musical se había vuelto más rápida y ya se podían apreciar diversas figuras en un baile típico dentro del salón.

Entramos a nuestra habitación. Me dirigí al bar, tomé dos copas y me di vuelta para buscar a María. No hizo falta: riéndose y bailando como si fuera una odalisca árabe, tapaba su rostro con una blusa casi transparente. Atándola con un suave nudo en su frente, se desabrochó el soutien que fue a parar, con precisión, al picaporte de la puerta de entrada.

Me desperté temprano en la mañana, sobresaltado por un presentimiento extraño. Un presentimiento que me acompañaba desde que habíamos recibido el pedido de auxilio del náufrago, y que no sólo no me abandonaba sino que siempre resurgía como para que no pudiera precisar mis convicciones. Desde el primer momento, supe que algo no funcionaba. Había reconstruido las coordenadas y el tiempo en mi mente, y no cerraban. Si el náufrago había sido dejado por el ZARATUSTRA y este se hallaba en Cabo Verde, en la isla menor... era evidente que la impunidad con las autoridades era tal, que su movilidad bien podría ser un problema para nosotros en el futuro.

Abortar el viaje por estas circunstancias nos colocaba en el dilema de regresar por otro medio. Subir un equipo de marinos de nuestra confianza echaba por tierra el espíritu de la aventura. Pero si seguíamos, deberíamos estar preparados para afrontar lo que sucediera.

María dormía plácidamente, casi cruzada a todo lo ancho de la cama. La miré y, como de costumbre, sentí un estremecimiento en mi ser. La arropé, me vestí y salí al exterior.

La mañana estaba clara. El sol todavía no había salido, aunque su aureola se podía observar por encima del horizonte, ya listo para despuntar el primer segmento de su circunferencia. Resolví no darle lugar a tan majestuoso momento y me encaminé hacia las habitaciones de Pedro y Federico.

Cuando llegué, encontré a Pedro. Sentado en una reposera, con su jarra de café humeante y su pipa apagada, entre los dientes.

–Difícil, ¿no? –me atajó ni bien me vio llegar.

–Sí, justamente de eso venía a hablar –le contesté.

–Sabes, a lo largo de los años, y más cuando era joven, a nada le temía. El mar era todo para mí. El peligro no existía en mis años mozos. Muchas veces mi padre, viejo lobo de mar, me repetía que no es bueno no sentir temor. Él decía que, si no sentimos temor, es porque no amamos. Siempre se teme, si alguien espera por nosotros. Y yo aprendí de él ese concepto.

–Mira, Pedro… O, mejor: mira, papá, sucede que no logro dejar de pensar en lo que estamos metidos. Yo sé que el náufrago no era tal. A partir de lo que tú me contaste, lo deduzco. Pero lo que no alcanzo a comprender es qué está pasando. Pienso y pienso por qué alguien puede haber subido a nuestro barco, con qué intenciones arriesgó su vida, para qué. Luego, razono. Si, en verdad, no fue un náufrago de verdad, y los que tratan de dañarnos lo buscan a él... Y allí es donde aparece el ZARATUSTRA, que se nos pega a la cola, como si fuera una sanguijuela. Indudablemente, por lo que descubriste en Cabo Verde, toda la maraña de vicisitudes, lo que sea, tiene que ver con algo sucedido en el trayecto de nuestro navío. Nada más que eso, pura y exclusivamente. Y por ese motivo estoy acá, papá. Porque se me ocurrió pedirte que me contaras cómo fue la travesía hasta las Canarias, cuando viajaste con Robinson.

–Pues… nada anormal… a no ser porque una de las niñas, que por cierto era muy joven y lo acompañaba a él, subió descompuesta y así estuvo todo el trayecto hasta el estrecho. Luego, un velero de porte pequeño nos encontró y, según Robinson, la trasladaron al continente. Salvo eso, todo lo demás, normal. Después de que me quedé en las Canarias, nada. Hice lo que tenía que hacer con una de las empresas que nos provee al astillero y, allí, tomé un buque que me dejó en el club de Robinson, un día antes de que llegarais vosotros. Pero si estás interesado, puedes leer la bitácora de viaje que Archivaldo te dejó. Tú sabes que él es muy organizado en ello.

Estábamos tan compenetrados en nuestro diálogo, que no vimos que Federico se había levantado y ya se acercaba hacia nosotros.

—¿Me estoy perdiendo de algo, o es sólo cosa de mayores? —nos preguntó, sonriendo.

—No, hijo, no. Siéntate, estamos tratando de dilucidar cuál es el origen de lo que nos está ocurriendo, antes de decidir si continuamos, abortamos o qué. Con Pedro, coincidimos en que todo se entrelaza con la subida de Amin a bordo del ATOCHA. Intentamos ver, con algo de objetividad, lo que resta. Así, llegamos a la conclusión de que el problema no es con nosotros, sino con algo que transportamos en el velero, y que le debe interesar, y mucho, a alguien.

—Bueno, si es por eso, deberíamos hacer una inspección a fondo del ATOCHA, para ver si encontramos algo.

—Sí, pero… ¿qué buscamos? —se impacientó Pedro.

—A ver… pensemos en Amin. Él, particularmente, no traía nada, ni siquiera documentos. Luego, cuando estuvo con el ánimo y el físico repuestos, no produjo ningún inconveniente. Pero espera un poco —recordé de pronto—. María me comentaba que, cada vez que ella pasaba frente al monitor, él cambiaba de página.

—Sí, además ten en cuenta lo del club privado, que luego fue borrado —agregó Federico.

–¡Claro, allí está, cómo no lo pensamos antes! –exclamó Pedro.

–¿Qué, Pedro? Por favor, dilo.

–La *PC*, por eso la robaron.

–Puede ser –vacilé–… pero… ¿qué? ¿Viste, acaso, que Robinson la usara, mientras estuviste a bordo con él, o alguno de su gente?

–No, en absoluto. Él tenía su ordenador personal y una valija con dos o tres teléfonos satelitales. Con ellos sí se comunicaba todo el tiempo; incluso, en cierta oportunidad, habló en árabe y en algún otro idioma.

–Quiere decir que lo que quedó en el ATOCHA o en su ordenador sucedió en el transcurso de las Canarias al club de Robinson –concluyó Federico.

–La bitácora, entonces. Vamos a buscarla –decidí.

El hombre, pulcro, caminaba de un lado a otro por la oficina completamente vidriada. El sonido del intercomunicador lo sobresaltó.

–Señor, lo llaman de contaduría.

–Diles que ahora no, estoy esperando una llamada internacional. Por cierto, cuando veas en el visor que es de Marruecos, me la pasas.

–Señor, si se refiere a la de hace dos horas, era una llamada privada sin identificar. Dije Marruecos porque la señorita me comunicó que era de allí.

–¿Señorita? ¿Cómo? A mí me atendió un hombre.

–No sé, señor, habrá sido su secretaria.

–Está bien. Ni bien llamen, me la pasas de inmediato, y que nadie me moleste.

Se dirigió a un pequeño anaquel, lo abrió y se sirvió una taza de café. Estaba por endulzarlo cuando oyó el intercomunicador.

–Señor, su llamada.

Ansioso, tomó el aparato.

–Sí, dígame.

–Mire su correo personal. Si hace todo bien, en seis horas lo llamaremos.

Una vez más, el sonido del auricular.

Corrió el sillón y orientó el monitor hacia donde se encontraba. Tecleó su correo, buscó uno que lo orientara y en el spam encontró "Su hijo". Lo abrió, y entonces se horrorizó.

Gilberto, desnudo. Colgado por las manos, en señal de cruz, su rostro se cubría con la sangre que brotaba de su nariz y sus codos se veían lastimados. Un encapuchado lo tomaba por el cabello y le levantaba la cara, con los ojos abiertos pero perdidos en la distancia. A sus pies, un cartel con letras sacadas de recortes de diarios. "1 millón de euros, 24 horas para juntarlos. Recibirá instrucciones. Borre el presente correo y no cambie su contraseña. Lo verificaremos." Del cuello de Gilberto colgaba otro, más pequeño: "Autoridades no".

Se hizo hacia atrás, se sentó, miró de nuevo. Dudó un instante. Buscó un periférico, copió el correo y lo borró.

–Señor, teléfono.

–No estoy para nadie, ya le dije.

–Señor, es la señorita de hace un momento.

–Pásela.

De nuevo, la voz metálica.

–Empezamos mal, borre la copia y espere. Le dije que intervinimos su correo.

Y, otra vez, el silencio del tubo.

Ni bien Amin fue dejado en el mar, el ZARATUSTRA puso rumbo al continente.

Había pasado poco más de un día, cuando recibieron el correo de que Amin estaba a salvo, a bordo del velero. Los archivos se encontraban en el disco rígido de la máquina, pero el sistema no permitía borrar los que estaban guardados con seguridad.

Gertrudis subió al puente de mando y habló con el capitán.

–Mire, las mujeres reaccionan bien al tratamiento, pero no creo que podamos desembarcarlas antes de dos días más. Me parece que sería conveniente que otra unidad nos contactara y las llevara a tierra, para prolongar allí el tratamiento.

–Bueno, ya me encargo de ello. Mañana deben estar listas para el trasbordo. Mándame a Casillas, que lo necesito –le dijo a la corpulenta marinera.

Casillas apareció con su humanidad por la puerta del camarote del capitán, que hacia allí se había dirigido.

–¿Me mandó llamar, señor?

–Cuéntame cómo está el brazuca.

–Ya lo volvimos al calabozo, después de que lo llevamos a la bodega a filmar el video para enviar. Lo mojamos un poco con las mangueras porque se había puesto insoportable. Se ve que los fármacos que le están suministrando lo sacan de sí, lo vuelven hiperactivo. Lo hemos tenido que atar porque se lastima todo contra las paredes del calabozo.

–Con ese cuadro, no podremos llevarlo al continente, seguirá con nosotros hacia las islas. Pero que lo encierren en un contenedor chico, más amplio que la celda, y lo tapen con otros para disimularlo.

–Bien, señor. Resta saber qué haremos con el cuerpo de nuestro hombre.

–Oficialmente, ya está arreglado que desembarcó en Dakar. De allí en más, no es problema de nosotros. Ocúpate de fondearlo como corresponde. Luego hablamos al respecto, pero una vez que se haya terminado el asunto.

El marinero hizo un gesto y se perdió por los pasillos de la nave.

Como si fuéramos un equipo de investigadores, los tres caminamos rumbo a la rada en donde estaba anclado el ATOCHA. Saludamos a los guardias que estaban en cubierta, luego de sortear a los que caminaban por el pequeño muelle.

Subimos y nos dirigimos sin demora al interior del velero. Corrimos la mampara y Federico se acomodó frente a la *PC*, que ya encendía. Miré las cartas tratando de buscar alguna otra impresión, y Pedro fue derecho al armario en donde se guardaba la bitácora del viaje. Allí, buscó el cuaderno que había confeccionado Archivaldo y empezó a ojearlo.

–Mira esto, Carlos. Hubo un recambio de pasajeros.

–Cómo, déjame ver.

–Es un día antes de la llegada al club.

–¿Está el nombre del barco que los trajo o que los abordó? ¿No dice nada?

–No, no está especificado.

–A ver, mientras busco algo más, comunícate con el astillero, localiza a García y pídele precisiones al respecto.

En seguida, Pedro tomó el teléfono satelital y llamó. Mientras tanto, Federico hurgueteaba en la *PC*.

–¡Aquí está! –gritó de pronto.

Pedro colgó el teléfono y se acercó.

–¿Qué es, Federico?

–Hay un archivo de generosas dimensiones, está encriptado, porque lo copiaron a otro disco rígido y, cuando esto pasa, el sistema del ATOCHA se halla protegido.

–¿Cómo es eso?

–Lo puse yo para que, en caso de pérdida por defectos, los archivos importantes puedan recuperarse.

Lo hago con todas mis máquinas. Está fuera de la *PC*. En realidad, el sistema está al lado de la fuente de poder. Déjame ver, ya lo recupero en un instante.

De uno de los anaqueles, sacó un *CD*, lo miró, lo colocó en la casetera y operó la *PC*. Al momento, corrió un programa instalador.

–Ya está –anunció–, a ver ahora.

De inmediato, la pantalla se puso de un azul oscuro y letras blancas comenzaron a aparecer en ella.

SITUACIÓN EN COSTA NOROESTE AFRICANA
SITUACIÓN EN COSTA SUR MEDITERRÁNEA
SITUACIÓN EN CONO SUR........

Y así sucesivamente.

A cada opción, aparecían planillas de cálculos, códigos de barras, sumas, nombres.

A medida que seguíamos mirando, más y más nos asombrábamos.

–Espera, déjame ver este otro archivo –dijo Federico.

PROYECTO DE CAPTACIÓN AFRODITA

Comenzamos a leer y nuestros cabellos se pusieron de punta: toda la descripción acerca del secuestro de jovencitas en edad de preparatoria y en universidades.

Otro de los archivos correspondía a

ENTREGAS DE ARMAMENTO
COMBINACIÓN CENTROAMERICANA
CONTACTOS COSTA OESTE AFRICANA

Y más todavía.

Mudos, atónitos y preocupados. Nuestros ojos no daban crédito a lo que veíamos.

–¡Por favor, qué horror todo esto! –exclamé– No sé quiénes serán los que lo están buscando, pero sí te aseguro que no descansarán hasta tenerlo.

–Sí, nuestras vidas no valen un céntimo si se enteran de que lo descubrimos. Evidentemente, saben que está a bordo. Al revisar el material que robaron, les debe haber aparecido un diálogo que les indica que existe una copia de seguridad en un archivo periférico –manifestó Federico.

–Espera –le dije–. Si nosotros hacemos una copia ahora, ¿también quedará registrada?

–No, porque el archivo ya fue desencriptado, pero si lo volvemos a cerrar y encriptar nuevamente, sí, seguro que aparecerá –contestó Federico.

–A ver si entendí… Si yo ahora te pido que hagas una o más copias, y luego tú cierras el archivo y lo dejas como estaba, ¿aparecen las copias?

–Pues no, seguro que no –respondió.

–Bien, hagamos esto: copia todo en tres *CD* o lo que sea. Luego, colocas todo como estaba y salimos del barco. Debo pensar, más tarde te diré qué haremos. De esto, ni una palabra a María ni a Elis.

Federico copió los archivos y luego puso el dispositivo en su lugar. Salimos todos a cubierta y retornamos a la casa. María y Elis charlaban animadamente con las esposas de nuestros anfitriones, mientras unos chiquillos jugaban a la pelota en las inmediaciones.

–Mirad que madrugasteis, vosotros –dijo la esposa de *Wa Zulú*, que hablaba un correcto español, ya que era egresada de la universidad de Barcelona.

–Sí, fuimos a caminar y a ver el velero –contestó Pedro.

Nos quedamos compartiendo un refrigerio y luego preguntamos por *Wa Zulú*.

–Se encuentra en la ciudad, pero ya ha de estar por regresar.

–Bueno, iremos a dar un paseo en el ATOCHA –dijo Elis.

–Cierto, eso habíamos convenido. Pero los acompañarán Pedro y Federico, yo tengo que quedarme a solucionar por la Red un tema con casa –manifesté–, además de hacer algunas llamadas para ver si podemos partir mañana en la tarde.

–Qué lástima –dijo la esposa de *Wa Zulú*–, justamente pasado mañana hay festejos en la ciudad con motivo de las fiestas tradicionales.

–Sí, es una pena –respondí–, pero debemos encontrar a alguien y es necesario que no nos atrasemos. Cuando venga su esposo, ya lo hablaremos.

Me dirigí a las habitaciones y mi cabeza saltaba de un lado a otro: quién, por qué, en qué momento, cómo hacer para deshacernos de ese archivo y que ellos lo supieran.

Me senté frente a la *PC*. Lo primero que hice fue buscar las direcciones de las capitanías de la costa. Debía encontrar al ZARATUSTRA pero sin que ellos se enteraran de quién era yo.

Llamé al astillero y me contacté con Archivaldo.

–¿Cómo estás, Archi? –lo saludé.

–¿Cómo anda, jefazo? –me reconoció enseguida– ¿Cómo lo está pasando?

–Bien, Archi. ¿Sabes…? Estaba medio aburrido, me puse a leer tu bitácora y me quedé pensando… Qué raro que no anotaste el nombre del velero que evacuó a la niña.

–Sí, es verdad. No lo consigné, sólo la matrícula que estaba medio borroneada que, dicho sea de paso, me la dictó su amigo, el inglés.

–Ah –le dije–, y dime, Archi. El otro transporte que renovó a los pasajeros… no es una matrícula, solamente dice un número y una sigla.

–Pues claro, hombre. Si era uno militar, con bandera marroquí.

–Con razón –le dije–, bueno, nada, sólo que has visto que, a veces, en el mar sobra tiempo y ya me leí todas las novelas.

–Sin problema, don Carlos.

Me pareció mejor que nadie estuviera al tanto de lo que ocurría, más allá de lo que ya sabía Jiménez cuando lo llamamos por la nota de Cabo Verde.

Quién sería el dueño del archivo, por qué estaba en la *PC* del velero, quién, quién, me repetía.

Un poco más tranquilo, comencé a escribir los nombres de aquellos que habían estado a bordo desde la salida. Los de nuestro personal los encerré en un círculo y los descarté: los conocía a todos y ninguno tenía los medios como para poner en marcha una operación de este tipo. Mientras deducía esto, me sobresalté. Si de poder se trataba, había una sola persona con las influencias suficientes: Robinson. Pero... ¿por qué?

Si era él, había tenido al ATOCHA en su muelle, casi dos días, a su disposición.

¿Amin? Si, cuando lo recogimos, nada llevaba en sus bolsillos. De todos modos, cuando había estado con *Internet,* podía haberlo recibido y guardado en el disco rígido.

Un cuadro resaltado en Amin y, al lado, "preguntar a Federico".

Seguí pensando. Mientras había estado en el puerto de Cabo Verde, el misterioso padrastro de Amin, vestido de blanco, tal vez había colocado el archivo para que fuéramos una mula y llegara a otro puerto. Pero no, eso no me cerraba.

Por qué habían sustraído la *PC*... Seguramente, sabían que el archivo estaba en la máquina y debían recuperarlo. Desde ya, por eso subió Amin. Constató la situación y, claro, robaron la *PC*. Eso es, pensé, pero entonces... Robinson. También pueden haber sido los que abordaron el velero en relevo de sus anteriores invitados. Debo esperar a Federico, me dije.

Salí un rato afuera, el sol empezaba a caer por la suave colina del frente. Continué reflexionando aún más. Si nos quedamos dos días, más un día que el ATOCHA estuvo en su puerto, es evidente que se dio cuenta después de que nos fuéramos, pero... ¿de qué manera?

Entonces, me acordé de las extrañas visitas que sólo entraban a su casa, y de cómo fueron llegando la noche anterior a nuestra partida de esa madrugada. Por supuesto, debe haber sido una reunión de negocios. Cuando nos fuimos, examinaron el material y se dieron cuenta de que existía una copia. Probablemente la habían hecho ellos. Ahora bien, ¿por qué?

Dejé la bitácora tirada sobre el piso del estar.

Después de haber hablado con Archivaldo, cuando entré y me desparramé en el sillón, debo haberme quedado dormido. Me despertó un alboroto: habían llegado del paseo.

Federico y Pedro discutían por quién había ganado en la pesca.

—No, claro que no vale. Tú habrás encarnado, pero el pez lo recogió el niño —decía Pedro—. En cambio yo encarné, lo pesqué y lo subí, así que, mi querido nieto, tú perdiste.

Y parecía que iba para largo la discusión.

María se sentó a mi lado.

—¿Qué hiciste, dormilón?

—Nada, leí un rato la bitácora de Archivaldo, busqué algunos datos y... bueno, decidí que saldremos mañana al atardecer, ¿os parece?

Federico y Pedro me miraron.

—Bueno, si tú lo dices… Es hora de que levemos ancla –dictaminó Pedro.

—Bien, preparo algo para tomar, tú te bañas –organizó María–, luego lo hago yo y nos preparamos para la cena, ¿de acuerdo?

—Está bien, mamá –aceptó enseguida Elis.

—Bueno, entonces, fuera todos, cada uno a su lado, que quiero ponerme cómoda –concluyó María.

Salí del baño secándome el cabello cuando vi que me esperaba María con una copa y un bocadillo.

—Toma, siéntate y espera que me duche, así compartimos un rato solos –me dijo.

Como era su costumbre, dejó la puerta del baño abierta. Me quedé parado bajo el marco de la entrada de la habitación, pensando en hacer alguna nueva incursión a la ducha.

En eso estaba, sacándome la bata, cuando escuché que María me decía:

—Menudo fastidio le habrá dado a tu amigo, el inglés.

—¿Qué, cómo dijiste, María?

—Nada, pues… que leía la bitácora que dejaste tirada en el suelo, donde Archivaldo anotó que al inglés se le había roto su ordenador, y que pidió herramientas.

Salí desnudo, sin siquiera la bata, al estar, y tomé la bitácora. Busqué casi al final, y allí estaba.

"Jueves tarde: el viajero pide que no se interrumpa reunión, Sofía prepara cena, saqué las herramientas de don Carlos Alberto para que el viajero reparara su *PC*, que se le había roto al dar una sacudida una ola fuerte. No anoto coordenadas de la tarde, por este motivo."

Allí se hallaba la respuesta a todo lo que estaba sucediendo.

Volví a la habitación, María salía del baño. Me miró y, riéndose, tiró la toalla sobre la cama. Su figura, a pesar de los años transcurridos, seguía llenándome los ojos. Sólo entonces, me di cuenta de que yo no tenía la bata puesta.

Me acerqué rápidamente y le dije:

—Te prometo que esta noche te bailo la danza de los sables, pero ahora déjame salir, ¿sí?

Me estampó un beso y me respondió:

—Vas a cumplir, eso te lo aseguro... No sé qué te andará pasando, pero en fin...

Me di vuelta y, cuando me agaché para buscar la bata, un chirlo en mis nalgas y su risa mientras decía:

—Ale, ale. Ve por los sables.

Salí, ahora sí con la bata, y fui directamente a la pieza de Federico. Golpeé a la puerta con premura.

—¿Qué pasa, viejo, te corre alguien?

—No, contéstame una sola cosa. Dijiste que el periférico de seguridad se activa sólo en caso de que se realice una copia del disco rígido, ¿verdad?

—Sí, así es.

—Entonces, supongamos que se me rompe mi ordenador portátil y que necesito procesar el contenido de él. ¿Puedo pasar la información de mi disco rígido a otra PC?

—Claro, es elemental. No necesitas nada más que sacar la cubierta y conectar el tándem del disco a la PC que funciona. Pero eso no activa el sistema de seguridad.

—Entiendo, pero si yo saco esa misma información de la PC que funciona a otro disco rígido o a un periférico, ¿entonces sí se activa el sistema?

—Por supuesto, entonces, sí. Porque el sistema se protege guardando la información que se saca. Tú puedes borrar la operación de la máquina, pero no de la PC.

—Listo, me voy a dormir una siesta y luego vamos a cenar.

—Sabes que a veces pareces loquito, viejo —dijo Federico, sonriendo.

Entré a la habitación con una botella, dos copas y una charola de plata con unos bocaditos. María, recostada en la cama, cubierta con las sábanas, ojeaba una revista.

–¿Y esto?

–Hum... A ver... Sable no encontré, esperar no quiero, así que pensé: champaña y, tal vez, un poco de amor.

Tomó la copa, bebimos, me miró y... las sábanas fueron a parar al piso. ¿Mi bata? Quién pensaba en la bata ahora.

En la cena estábamos todos juntos. Federico, Elis y Pedro me miraban mientras conversaban entre ellos. María sonreía y, a cada rato, me acomodaba el cabello que caía sobre mi frente. En un momento, tomó mi mano casi imperceptiblemente pero este gesto no escapó a la mirada de Elis, que nos encaró:

–Ey, se puede saber qué pasa con vosotros.

María la miró y, sin medir las consecuencias de su respuesta, le dijo, no sin antes besar nuestras manos:

–¿Qué? ¿No te encanta? Vas a tener un hermanito.

Creo que todas las miradas se posaron en mí. La copa que tenía en mi mano se volcó. Pedro se volvió hacia Federico y, juntos, hacia María. Yo también la miré, no entendía nada. *Wa Zulú* se reía. Tomó su copa y se levantó.

–No, no, espere, por favor –lo detuvo María–. No, no es así. Es que estaba feliz con Carlos Alberto, y quise gastarle una broma a mi hija preguntona, nada más. No, no es verdad.

Elis y Federico miraron a María y, soslayándome, Elis se incorporó, tomó su copa y, alzándola, dijo:

–Por la felicidad de mis padres. Y, por Dios, que si un hermano viniera al mundo, sería la más feliz de este planeta. Es más, ahora quiero que se pongan a trabajar en ello.

La risa de los presentes era unánime. María tomó mis mejillas entre sus manos y me besó. Pensé, para mis adentros, cómo hubiera sido de haber conseguido los sables.

El sol ya se había ocultado. El paisaje que se vislumbraba a través de los cristales de la oficina parecía el de una postal internacional. La claridad, muy tenue, contrastaba con los edificios, que comenzaban a iluminarse, y con el imponente resplandor del Cristo, allá a lo lejos. Muy abajo, las luces de los automóviles eran serpientes que zigzagueaban en los morros, en un intento por mezclarse con las primeras sombras.

El hombre, de pie ante este magnífico cuadro, parecía no verlo. De pronto, como impaciente, nervioso quizás, se acercó al armario, sacó un vaso, mezcló algunos licores y se sentó.

Apenas un sonido delicado en la puerta. Entonces, él:

–Pase, *Luisinia*.

–Señor, debo retirarme, la mayoría ya lo ha hecho. Si usted quiere…

Él la interrumpió.

–No, por favor, vaya nomás. Déjeme pasado el teléfono a mi oficina y avise en Seguridad que no me molesten. Yo los llamaré, espero una comunicación importante.

–Bien, señor, que descanse. Dejé café recién preparado en mi despacho, buenas noches.

–Buenas noches, *Luisinia*.

Alcanzó a escuchar los tacos de su secretaria que se alejaban y se levantó nuevamente.

Intentó poner su mente en blanco, sin que la vorágine de lo cotidiano de sus negocios la entorpeciera, y pensó en su hijo, su único hijo, Gilberto. Abstraído como estaba en sus recuerdos, la chicharra del teléfono lo sorprendió. Se acercó de inmediato, descolgó el tubo.

Una mujer, en perfecto portugués, habló.

—El señor Ronaldo Do Santos, por favor.

—Él habla.

Semejante al ruido de un resorte automático, en forma instantánea se oyó una voz metálica.

—Bien, le diremos cómo entregar la suma acordada.

Como si le saliera del fondo de su ser, él respondió, sin tiempo a que la voz continuara.

—En dos días, a más tardar, quiero ver un video de mi hijo en perfectas condiciones, por el mismo medio anterior. De lo contrario, no habrá trato.

No supo de dónde había sacado fuerzas para decir la frase y, menos aún, cómo había hecho para cortar al instante. Se quedó al lado del aparato, seguro de que volvería a sonar. Pasó un minuto, un minuto y medio, y nada.

Cuando el segundero se acercaba a los dos minutos, de nuevo el teléfono. Dejó que llamara una, dos, tres veces. A la quinta vez, levantó el tubo y escuchó.

—No nos provoque, nosotros imponemos las condiciones —oyó que decía la voz metálica.

—Dos días o no hay trato —replicó el hombre y cortó de nuevo abruptamente.

Ahora sí, se sentó y esperó. Ya habían pasado tres minutos cuando se puso de pie. Se sirvió el doble de la medida anterior y la bebió de un sorbo. Caminó de un lado a otro de la oficina, en su no saber qué hacer. Corrió el cortinado. Habían pasado cinco interminables minutos. Se sentó en el sillón, juntó sus rodillas casi con el pecho, tomando su cabeza con las manos, en señal de desesperanza. Entonces, el aparato telefónico lo volvió de nuevo a la realidad.

Tres veces, y a la cuarta atendió.

–¿Sí?

–Dos días, usted recibe el video y, al instante, transfiere el dinero a la cuenta que le digamos.

–Dos días –repitió el hombre.

Tres días había pasado el ZARATUSTRA en las islas, fondeado a la entrada de una de las islas menores. Su llegada coincidió con la salida del ATOCHA de la zona. Hacia allí se debieron dirigir cuando tuvieron noticias de que los archivos estaban todavía en el velero.

En su aproximación al continente, transbordaron a las muchachas a un pequeño crucero rápido. Gilberto, en cambio, fue llevado a un contenedor de mayores dimensiones para que no siguiera lastimándose.

El capitán ingresó al puente de mando de muy mal humor.

–¿Qué pasa? –interrogó.

–Señor, avisaron que, con urgencia, se debe poner al brazuca en buenas condiciones, para filmarlo y enviar el video una vez más. Nos dieron un día y medio.

–Están locos, todos locos –exclamó el capitán–. ¡Traigan a Amin!

–Señor, Amin fue requerido del continente y salió vía aérea esta mañana hacia Canarias y, desde allí, hasta Marruecos.

–Maldición.

–Señor, además nos solicitaron que levemos anclas y que nos reportemos en Dakar.

–También eso.

–Sí, señor. Hay un cargamento especial que debemos entregar en Luanda. Por otro lado, me pidieron que se cerciore de leer su correo privado.

El capitán salió del puente mascullando la última frase del marinero, la que más odiaba: esa era la forma en que Robinson se comunicaba con él y, cuando esto sucedía, era porque había mar de fondo.

Ya en su camarote, cerró la puerta e ingresó a su correo. Lo abrió, y allí leyó:

"De capoli6 a Zatra13, hora y demás detalles

Asunto: urgente

Zarpad en forma inmediata, el ATOCHA cambió rumbo a Guinea, esto no estaba previsto.

Hay que recuperar el archivo periférico a cualquier precio.

Reponed al brazuca, filmad el video y deshaceros de él, después de hacerlo con el ATOCHA.

Cuando obtengáis el periférico, cercioraros y luego ejecutad lo antes mencionado.

Sin testigos ni sobrevivientes".

–Mierda –explotó el capitán–. Ahora sí que estamos hasta las manos.

Salió del camarote a los gritos.

–Preparaos, en dos horas zarpamos. Traedme a Casillas.

Estaba pisando el último peldaño de la escalera del puente, cuando Casillas apareció por la otra puerta.

–Coño, ocúpate de que, en doce horas, el brazuca esté listo para filmar una película: afeitado, limpio, sobrio y bonito. Si no lo logras, te vas al mar con él – indicó, amenazante.

Las pesadas puertas del contenedor se abrieron. Gilberto se encontraba arrinconado contra una de las paredes metálicas, en posición fetal. Su cuerpo, cubierto de harapos sucios y malolientes, hacía más aterrador su estado.

Dos marineros se acercaron y lo tomaron por las manos. Lo arrastraron hacia la entrada, donde esperaba otro, con una manguera. Abrió el grifo y lo roció con fuerza. Los dos que lo tenían sujetado lo soltaron y, ya en el suelo, la fuerza del chorro de agua lo movía de un lado a otro.

Entre los tres, dos por las manos y el restante por ambas piernas, lo llevaron. Por el estrecho pasillo, sólo dos continuaron arrastrándolo, hasta detenerse a la entrada de un camarote.

Allí estaban Julián y su compañero. Antes de introducirlo al compartimiento, lo desnudaron. Lo subieron a la cucheta. En eso estaban, cuando entró Gertrudis.

–¿Qué ocurre? Me trajeron de urgencia. ¿Es verdad que zarpamos ahora? –preguntó.

–Sí, además debes dejar en condiciones razonables al brazuca. Lo inyectas y le pones las esposas amarradas a la cama.

Todos salieron. Solamente quedó Gertrudis, que sacó una ampolla y una jeringa de la cajita metálica. Lo inyectó y, antes de taparlo completamente, aseguró las esposas a los lados. Lo miró, totalmente desnudo, con los pies en cruz. Frotó entonces el miembro de Gilberto. Al notar que empezaba a ponérsele erecto, una sonrisa apareció en los labios de Gertrudis.

–Mira tú, el brazuca.

Se sentó al lado de la cucheta e insistió.

Ya cerraba la puerta del camarote y se dirigía por el pasillo, cuando apareció el capitán.

–¿Cómo está? –indagó.

–Se va a reponer más rápido de lo que pudiéramos suponer. En un par de horas, veremos de alimentarlo, yo me encargo –agregó.

–De acuerdo, entonces confío en ti, no me entrometo más –concluyó el capitán.

—Pedro, Pedro.

Lo moví un par de veces y no me contestó. Un tanto asustado, le apreté la nariz. Enseguida, tosió y se sentó en la cama.

—¿Qué sucede? —reaccionó, por fin, Pedro.

—Me asustaste, no te podías despertar.

—Claro, yo, mira entonces a Federico.

Miré hacia la cama de mi hijo y lo vi, tapado hasta la nariz. Dormía con un sueño profundo; una de sus manos, fuera de las sabanas, colgaba pendiendo hacia el piso.

—¿Qué pasó, bebieron?

—Peor que eso. Elis se juntó con dos jóvenes y luego aparecieron tres muchachotes más. Nos pusimos a jugar al póquer. No hace más de un par de horas que nos vinimos.

—Sí, y eso que habíamos quedado en salir a media tarde.

—Bueno, tampoco es para tanto. El velero está aprovisionado, faltan sólo algunas cosas.

—Es verdad. Aparte, mejor: no es necesario que llevemos tanto, únicamente para tres días.

—¿Tres días? —preguntó Pedro.

—Sí, tres días. Luego, incendiaremos al ATOCHA.

De la posición en que estaba, a aparecer a los pies de la cama, no tardó un segundo. Del otro lado, Federico, que también escuchó, gritó:

—¿Qué? ¿Estás loco, incendiar al ATOCHA?

—Mirad, muchachos, debemos ser objetivos. Si no los convencemos de que los archivos no fueron vistos y de que ya ni siquiera están en nuestro poder, nuestras vidas, así regresemos a España, valen muy poco. Además, tampoco, bueno… el gran incendio. Lo suficiente como para pedir ayuda y que nos intercepten. Vestiros, que os cuento el plan.

A pesar de que en mi vida siempre fui respaldado por mis padres, debo decir que también, en más de una oportunidad, se suscitaron encrucijadas que parecían imposibles, momentos difíciles en mi juventud que, gracias a Dios, pude sortear con éxito. Uno de ellos había sido, justamente, mi relación con María.

Después de aquella noche, en la cual María me detuviera en la puerta de la habitación, besara sus dedos y depositara ese beso en mis labios, me di cuenta de la sinceridad de sus sentimientos. Al otro día, salimos nuevamente, pero ya nada era igual: los continuos besos y caricias, las miradas cómplices y los constantes arrumacos que a cada instante nos hacíamos denotaba que lo nuestro perduraría en el tiempo.

Sabíamos que, cuando llegaran sus padres a buscarla, todo terminaría. Pero también entendíamos que dependía de nosotros el hecho de encontrar la forma de seguir viéndonos para acrecentar nuestros sentimientos.

Si bien nuestras caricias subían el carácter de la intimidad a cada momento, mi respeto y su pudor habían podido más por esos días. La última noche, sin embargo, cuando nos acercamos para decirnos el consabido hasta mañana, nuestros cuerpos ya insinuaban que la despedida sería diferente. Llegamos al cuarto del hotel donde se alojaba, nos miramos, nos besamos y ninguno quería hacer efectiva la separación.

Supe inmediatamente de su rubor, pero también sentía la ansiedad en su pecho. La tomé por la cintura, la atraje hacia mí y la besé una vez más. Ella tomó mi rostro entre sus manos, me besó intensamente y, con un sutil movimiento, sin despegar sus labios de los míos, empujó la puerta y me introdujo en la habitación.

Si existía algo más hermoso por esos días, no lo sé. Con el tiempo, supe que solamente el nacimiento de mis hijos podría ser comparado con ese momento.

Estábamos todavía en la cama, disfrutando de ese despertar dulce y añorado, cuando sonó el teléfono. Desde recepción, anunciaban que, en una hora, sus padres pasarían por ella. Todo fue apuro, las cosas acomodadas así nomás en la valija, un beso aquí, una ropa allá, otro beso y a encontrar un zapato.

Bajamos al vestíbulo. Nos sentamos en el bar a desayunar. Sin maquillaje, su cara lucía más pálida. Su cabello rojo, apenas alisado, y sus manos que parecían temblar.

De repente, su mirada se detuvo por sobre mi hombro. Entonces, adiviné: sus padres.

Un matrimonio elegante: él, vestido de sport, con un sombrero aún en la cabeza y bigotes cortos; ella, relativamente joven, con todo el glamour y una belleza indescriptible. Junto a ellos, una niña de no más de quince años.

María se levantó, los saludó. Cuando su padre me extendió la mano, me di cuenta de que su estándar de medida se debía estar calibrando. Sin disimular, me observó detenidamente.

–Cómo le va, joven...

–Carlos Alberto Ortigoza Porta –me presenté.

–Encantada –dijo la madre.

–Yo soy Giova, la hermana menor de María.

–Sentaos un minuto, papá, mientras desayunamos.

–Mira, hija, nuestro vuelo sale en dos horas, y a estas alturas deberíamos estar en el aeropuerto. Esperaremos en la recepción, mientras te despides de... tu amigo.

Y, extendiéndome la mano, me dijo:

–Caballero, ha sido un placer.

–Gracias, señor, igualmente.

La madre, por el contrario, no siguió al padre de María, que ya estaba camino a la recepción.

–Me encantó conocerlo, joven. Si María le dispensó su amistad, no dudo que volveremos a verlo.

Fueron tan amables sus palabras como cálido el beso que me dejó en el rostro.

Sin embargo, la nota la puso la hermana menor. Se colgó de mi cuello y, con un sonoro beso en mi mejilla, se despidió con un:

–Chao, guapo.

Cuando me acerqué a María para darle un beso, puso sus manos sobre mi pecho, como frenándome. Sus ojos miraban hacia la recepción. Comprendí.

Me hice a un costado y tomé su cartera. Apenas deslicé mi mano por su talle y la acompañé con un gesto de decoro hacia la salida. Allí, a la vista de los padres, le di un suave beso en la mejilla. Subió al auto, que partió de inmediato. Me quedé mirando su cara por la luneta trasera y a su hermana que me saludaba con las manos.

Al día siguiente, partí hacia mi casa.

La semana se me había hecho interminable. Pedro me dijo:

–Carlos Alberto, me gustaría que mañana, cuando vayamos a pescar, miremos unos bocetos que ha hecho Josefina, con algunos detalles de costos.

–No, por favor, no puedo. Salgo de aquí y tomo un vuelo a Lisboa, me esperan.

–Ah, bueno. Parece que tu amiga te ha conquistado.

–Sí, bueno, no, recién empezamos a conocernos.

A partir de aquel día, mis salidas de fin de semana eran un clásico. Todos sabían que había algo, pero nadie quería aventurar.

Las cosas marchaban de maravillas con María. Sus padres debían viajar a Brasil, por un tiempo, y entonces habíamos pensado decirles qué estaba sucediendo con nosotros. Ella, que estaba con sus estudios avanzados, se quedaría en Portugal.

En las últimas tres semanas, los días viernes tomaba mi auto y desandaba el camino para reencontrarme con María. Siempre en poblados cercanos, nunca en su ciudad.

Este viernes, finalmente, conocería la casa de María, hablaría con sus padres y, a mi regreso, les contaría a los míos. Toda esta relación había sido cuidadosamente preservada ante los ojos de nuestros padres, no maliciosamente, pero sí habíamos resuelto que, por cierto lapso, estaría oculta.

Hablé con Pedro y le comuniqué que saldría un día antes porque quería ver algo en un pueblo cercano. No puso ninguna objeción.

Cuando salí a la carretera, lloviznaba. No dejaba de pensar en María, y un presentimiento me torturaba: la partida de sus padres sería en una semana y quería que, al menos, todo se supiera antes de que se fueran.

La mañana había sido muy complicada, no había almorzado pensando en ganar tiempo. Nos íbamos a encontrar en Porto, pasar allí la noche y, al otro día, estaríamos en Portugal para hablar con los padres.

Al caer la tarde, la ruta se había colmado de brillos. Las gotas de la lluvia, ahora más fuerte, pegaban contra el parabrisas; el limpiavidrios se movía al son de la música que yo escuchaba; los reflejos de las luces contrarias aumentaban a medida que transcurría el tiempo; el tránsito parecía ponerse de acuerdo con el aguacero y lentificaba cada vez más mi camino.

Estaba pensando en detenerme para tomar un café y estirar las piernas, cuando un camión de gran porte pasó a mi lado. El agua que desplazó se vino toda hacia mí, se estrelló en el parabrisas y, cuando este se limpió, desaceleré. El cambio de velocidad desacomodó las ruedas en la cinta asfáltica. Con un suave movimiento, el auto comenzó a irse hacia el lado de la banquina. Cuando la mordió, de un salto, cruzó a la otra mano. Un ruido, y nada más.

Por fin, *Wa Zulú*, su esposa e hijos estaban en la rada. Un poco más hacia la izquierda, la familia de nuestro anfitrión también.

Nos habían obsequiado cantidad de frutas, dátiles y algunos presentes. María y Elis lucían, orgullosas, unos vestidos típicos y grandes aretes que les habían regalado. A bordo, teníamos dos invitados.

Un guardia en popa y otro en proa, con sus vivos uniformes rojos, daban la impresión de querer asemejarse a estatuas erguidas aunque, cada tanto, debían tomarse de un cabo, por el bamboleo del ATOCHA.

Sin las velas izadas, salíamos del pequeño amarradero. En el paseo del día anterior, le habían mostrado a Pedro de qué modo sortear los arrecifes, como si hiciera falta decirle, pero bueno, uno nunca sabe.

A lo lejos, se divisaba la cañonera. Cuando salimos a mar abierto y empezamos a izar las velas, se acercó y, con una estridente sirena, acompañó a una rápida lancha que se dirigía hacia nosotros. Allí embarcaron nuestros custodios y se alejaron.

El sol ya estaba besando el horizonte. María, ahora al mando del timón, se reía.

—Alguno de vosotros, a cocinar.

—Je —respondió Elis—, de tal palo tal astilla. ¿No vieron, acaso, lo que hay en el refrigerador? Un hermoso presente del chef del lugar. ¿O creéis que anoche gané en vano al póquer?

Todos nos reímos. Estábamos contentos de hallarnos nuevamente en el mar.

VIII

Mientras le haces compañía a tu madre, iremos al comedor a trazar un itinerario adecuado, así lo informamos –le avisé.

Bajamos, y entonces.

–Pedro, trae las cartas. Tú, Federico, busca en el radar de tu *PC* nueva la posición de los posibles barcos en la zona. Debemos saber, con exactitud, dónde está el ZARATUSTRA.

–¿Por qué? ¿Qué es lo que piensas hacer con el tema del incendio? –preguntó Pedro.

–Aún no estoy seguro, Pedro. Sé que debemos buscar la forma de entregar ese archivo y, si hace falta, hundiré al ATOCHA con tal de salvar a la familia. Pero todo debe resultar muy creíble.

–Escucha, papá –me interrumpió Federico–, está bien, pienso igual que tú, pero aún no sabemos cómo.

–Por eso debemos conocer la posición de este barco. Es el que se mandó tamaña operación para poner un espía en nuestro navío, así que, seguramente, será el que nos asestará el golpe, de ser necesario. A las autoridades no podemos recurrir, ya has visto hasta dónde están enquistados.

—Espera un poco. Cuando me vendieron las cosas en Cabo Verde, me dieron también, junto con la *web* de las capitanías, el modo de determinar el nombre de cada embarcación detectada.

Inmediatamente, tecleó una dirección y allí aparecieron, en la pantalla, cruces con el nombre de los barcos.

—Allí está, ahora tecleamos la sigla en este buscador. Debería salir el código. Mira nuestro registro, a ver...

Tipeó el código y apareció: ATOCHA, bandera española, velero del tipo clásico.

—Bueno —le dije—, ahora busca al ZARATUSTRA.

Trazaba nuestro derrotero, cuando nos sobresaltó el teléfono satelital. Nos miramos, sorprendidos.

—Dame el aparato —pedí.

Cuando lo tuve en mis manos, respondí.

—Hola, ¿quién es?

—Amigos míos, ¿cómo andáis, qué tal la travesía?

—¿Robinson? —pregunté.

—Sí, el mismo. Pensaba que ya estaríais por el Congo, ¿me equivoco?

—Bueno, no. No exactamente, sucede que se nos presentaron algunos inconvenientes.

—Caramba, espero que nada grave.

—No en realidad. Tal vez no tuvimos en cuenta algunas cosas, pero nada más.

—¿Puedo ayudar?

— Es que... Pensamos estar ingresando a las aguas de Sierra Leona, pero lo definiremos recién mañana al amanecer.

—Bueno, mi preocupación era porque se anuncian tormentas muy fuertes por la zona en donde estáis. Yo debía viajar por aquellos lares hacia el complejo de Ghana, pero lo postergaré por tres días.

Como si hubiera recibido una bendición del cielo, exclamé:

–Genial, no sé cuándo llegaremos por allí, pero podemos encontrarnos. Sería bueno ver algunos amigos, con tantos días de mar que hemos tenido.

–Delo por hecho. Mándeme mañana vuestra posición y os esperaremos. Hasta entonces.

Corté.

–¿Y ahora? –Federico me observaba.

–Mira, con la mejor de las suertes, podemos llegar a ese complejo turístico pasado mañana. Eso, si cuando le informamos de la posición, no trama otra cosa.

–No creo, se pondría en evidencia. Además, mañana lo llamamos nosotros y le agregamos que hablamos al astillero y que la gente de allá le manda saludos. De esta manera, entenderá que saben que él estaba en poder de nuestra posición.

–Sí, no pienso que ese haya sido el motivo del llamado. Seguramente habrá querido saber si sospechábamos algo.

–Bien, hasta mañana tendremos tiempo de ver qué más le decimos cuando le hablemos.

–Cierto, pero ahora dime, Federico, qué es eso de la tormenta.

Al modo de una respuesta llegada del más allá, una voz en perfecto francés se oyó en la radio.

–Rápido, llama a Elis, que venga.

Salió Federico a las zancadas y, al momento, entró su hermana.

–¿Qué ocurre, papá?

–¿Qué dice la radio? Está hablando en francés.

–Dame los auriculares.

Tomó un papel y un lápiz. Empezó a anotar.

–¿Qué es?

–Dame un minuto, papá.

En francés, respondió:

–Aquí, ATOCHA. Comprendido, tomamos la previsión, nuestras coordenadas son... –hacía ademanes para que se las indicáramos.

–Aquí están: latitud 4º15'25,0" N, longitud 7º44'42,41" O, con rumbo NORTE 4º 18'00". ¿Destino? –y otra vez los ademanes.

–Ghana –respondí–, complejo turístico privado en *Sekondi-Takoradi*, ubicado en *Cape Coast*.

Elis repitió lo que acababa de escuchar.

–Fuera ATOCHA –completó Elis–. Bueno, nos avisan acerca de un centro de baja presión, que puede desencadenar tormentas muy fuertes, con vientos de hasta 75 km por hora. Estiman que, si seguimos con el rumbo que ahora llevamos, nos enfrentará, posiblemente, mañana en la tarde pero que, como es un área muy determinada, casi con seguridad nos tocará de costado.

Nos observó, uno a uno, y comentó:

–Tan rápido otro descansito… Recordad que, en un mes, tengo que marcharme. Ahora qué os parece si trabamos el timón y nos dedicamos a cenar.

Nos miramos.

–¿Por qué no?

No terminó de decir la frase, cuando ya bajaban Federico y María.

Estábamos sentados a la mesa, mientras Elis ponía tres fuentes repletas de manjares, una botella de champaña y otra de vino, además de algunas galletas, cuando sonó nuevamente el satelital.

–Ah, bueno –dijo Federico–, hoy se le ha dado por sonar al chaval.

María tomó el teléfono y contestó.

–Hola, ¿quién es?

–Pon el altavoz, María –le contestó una voz inconfundible.

–¡Josefina! –gritó María– ¿Cómo estás? Espera, conecto manos libres.

–Hermana, qué sorpresa, ¿cómo andáis? –alcancé a preguntarle.

–Pues es lo que quisiera saber yo, llamáis a los muchachos y a mí que me parta un rayo.

Pensé en Archivaldo y me sonreí.

–Id haciendo un lugarcillo, que en cualquier momento me uno a vosotros, qué joder.

–Siempre tan explícita, hermanita –contesté.

–Oye, ¿como anda el gruñón? –era una franca alusión a Pedro.

–Claro, tú te quejas, ¿y a mí qué? ¿Recibiste el regalo que te envié desde Canarias?

–Por cierto que sí, papote. Me gustó de verdad, me andaba haciendo falta.

–Bueno, un beso a Vittorio y a los muchachos.

–Ey, sobrina, ¿habéis encontrado algún marino por aquellos lados?

–No, tía –contestó Elis–, pero ya lo encontraré en el tiempo en que esté fuera. Te prometo que vuelvo casada.

–Ja, pobre el tío que te toque, con la familia que tienes, hija. Bueno no os perdáis y llamad. Besos de todos, aquí. Ah, por cierto, todo bien, nos vemos.

Esa era Josefina, capaz de alegrar al más moribundo y de llevarse por delante a quien pretendiera causar dolor a sus seres queridos.

Cenamos y, entonces, le comenté a Pedro:

–Mira, hasta medianoche seguiremos con esta dirección, usando las velas y aprovechando el viento de popa que tenemos. Después, ¿qué te parece si corregimos el rumbo unos grados, bajamos las velas y encendemos los motores hasta el alba? Eso nos permitirá descansar sin salirnos demasiado de nuestra ruta. Luego, antes del alba, modifico la trayectoria hasta que os levantéis vosotros y seguimos a vela.

—Genial —intervino Federico—, así podremos reponernos de lo de anoche.

—De acuerdo, ¿quién va al timón? —preguntó Elis.

—Yo, iré yo. María me lleva una taza de café —dije.

—Hum… —fue la única respuesta de María.

Federico ya se dirigía a su camarote cuando Elis le chifló.

—Ey, marinerito, los trastos. Te toca a ti, yo cociné.

Y sin decir más, cerró la puerta de su camarote. Pedro la imitó y Federico comenzó a meter los platos en el lavadero.

—Creo que te haré café instantáneo —gritó María.

Me la quedé mirando, porque ella sabía que no me gustaba ese tipo de café.

Metí la mano en el bolsillo y saqué un pequeño estuche. Se lo arrojé a María. Tomó el estuche en el aire, lo abrió, se rió y me miró.

—El de tamaño natural está en el camarote —le dije.

Federico se acercó a su madre, observó de reojo el estuche.

—Cada vez estáis más locos, vosotros.

Salí y me dediqué a arriar las velas. Las fui asegurando de a una, habían quedado sólo las dos menores. El aire estaba cálido y la bóveda oscura se vestía de titilantes lentejuelas. Unas se agrupaban formando una mancha casi blanca, mientras que otras se destacaban por encima de algunas más pequeñas.

Encendí los motores justo en el momento en que María subía con la jarra de café. Mientras se acercaba a mí, prendí las luces del ATOCHA que otorgaron un velo a la noche estrellada. El andar de María sobre la cubierta hacía más graciosa su figura. Cierto ademán de taparse la cara con la taza me estaba anunciando que la indirecta había surtido efecto.

Bebimos juntos el café. Ya que tenía el dominio del timón todavía en mis manos, lo trabé cuando quedaba el último sorbo y, como dos adolescentes, nos sentamos a mirar la estela que el velero dejaba por la popa. Con el rumbo asegurado, descendimos a los camarotes; Federico ya no estaba en la cocina.

Me desperté temprano en la mañana, la claridad recién se empezaba a colar por el ojo de buey del camarote. El silencio fue lo que motivó mi salida de la cama; intranquilo, me puse una bermuda y ya estaba en la puerta, cuando lo vi a Pedro bajar hacia la cocina.

–Qué haces, vuelve a la cama, ya nos hicimos cargo con los niños. Después, en unas horas os encargáis vosotros. Vamos a tener que estar bien despiertos para la media tarde, creo que la tormenta se va a adelantar.

Cerré la puerta, pasé por el baño y, cuando regresaba a la cama, la vi a María, de espaldas, con el torso desnudo por sobre las sábanas. Me quedé mirándola, besé su piel, acaricié su cabello, la abracé y me dormí a su lado.

Me despertó un fuerte sacudón, una ola había golpeado sobre el costado de babor. María ya no se encontraba junto a mí. Me vestí y fui a la cocina. Allí estaba ella, tomándose de la mesa. Un nuevo sacudón, y el salto característico del navío, cuando cae la cresta de una ola.

–¿Qué hora es?

–No son las once todavía –me dijo María–, la tormenta se vino más rápido de lo que esperábamos.

Bebí un trago del café de su taza, tomé el impermeable que estaba sobre un taburete y busqué la salida. Cuando corrí la mampara y subí los tres escalones para acceder a la puerta que daba a cubierta, Federico la abrió.

–Sube, se está poniendo más pesado de lo que pudiéramos haber pensado.

–¿Qué hace Elis arriba? –pregunté.

Señaló con su dedo y la vi. Aferrada al timón, cantaba y gritaba mientras una ola la bañaba por completo. Más allá, Pedro afirmaba una de las velas.

–Ve a la popa y asegura los cabos que están sueltos. El viento los azota por la banda de estribor y alguno puede hacernos daño –alertó Federico.

Tomándome de la baranda que conformaba la red que habían colocado más temprano, hice lo que me pidieron. De golpe, una ola me tiró de lleno al piso y apenas me pude sujetar de la red de seguridad. Me reincorporé, el viento castigaba mi cara con inusitada violencia.

Pedro, que cuando me vio caer había venido a mi lado, me dijo:

–Es brava, y me parece que tiene que haber virado el viento, ya que nos está tomando de lleno.

–Sí, tal vez sería mejor ponernos más de costado al viento, aunque nos desviemos del curso. Total, una vez que amaine, podremos retomarlo.

–Bien, le diré a María.

–¿Cómo? –dije, dándome vuelta, pero María ya estaba en el timón y Elis se perdía en la entrada de la cabina.

El viento continuaba soplando, mientras el ATOCHA parecía cabalgar una y otra vez las olas. Cada vez que descendía de la cresta de una, ya la otra estaba encima, y de nuevo a empezar. Algunas veces, el ritmo se trastocaba y, entonces, su proa rompía alguna ola más chica, rezagada, lo que hacía que la partiera en dos, quedando el resto de ella sobre cubierta.

La mañana se había transformado prácticamente en media noche. El cielo negro, cubierto por rayos y centellas, le daba al paisaje una apariencia dantesca. El silbido del viento iba en aumento; las olas, cada vez más grandes y más cortas. Eso hacía que la proa del velero no diera abasto en contra del oleaje.

La cubierta era más barrida minuto a minuto, ya no por el resto de la marea, sino por olas que el viento azotaba sobre las bandas del navío.

Me dirigí al timón y se lo pedí a María.

–Dame, mi amor, entra a la cabina y colocaos los salvavidas, por favor –le indiqué.

Llamé a Federico. Le requerí que hiciera lo mismo y que me trajera mi equipo de seguridad. Pedro tenía puesto todo el equipo y se había colocado un arnés de seguridad.

Cuando Federico volvió con el chaleco, le solicité un arnés, que ya tenía en su mano.

–Mira, entra, pregúntale antes a tu abuelo cuál es la posición estimada y rádiala al continente. Será mejor que sepan nuestra ubicación por cualquier cosa.

Como si fuera un presagio, una ola hundió toda la proa del ATOCHA, arrinconando a Pedro sobre el palo mayor y dejándolo caído sobre la cubierta. Federico se abalanzó sobre él en el momento en que otra ola golpeaba, con menor ímpetu, pero con el suficiente como para inmovilizarlo. Llegó donde su abuelo, lo desenganchó de la soga de seguridad y se encaminaron hacia la escotilla de la cabina.

De lejos, le hice un gesto para que se fueran adentro, justo cuando otra ola rompía sobre la proa por estribor. En ese instante, María y Elis asomaban la cabeza por la entrada a la cabina. Se detuvieron e intentaron ayudar a Federico, que estaba con Pedro. Les hice señas de que cerraran y se quedaran abajo.

Pasó un momento hasta que Federico salió y se acercó al timón.

—Hijo, mejor permaneces adentro, no es mucho lo que puedes hacer aquí. Si necesito ayuda, te hago sonar la chicharra. De igual manera, en cuanto me canse, te pido un relevo. Fíjate que el golpe del abuelo ha sido fuerte.

—Ya sé. Mamá y Elis lo están atendiendo, pero igual no es nada serio.

Cuando hubo bajado Federico, dos olas consecutivas golpearon la cubierta. Eso quería decir una sola cosa: el viento estaba rotando.

Giré el timón, intentando poner al velero de frente a la tormenta, pero la fuerza del viento lo movía demasiado, escorándolo sobre la banda de estribor. Sabía que eso era peligroso, así que corregí nuevamente el timón y lo estabilicé un tanto. Con los motores al máximo, busqué colocarlo en una mejor acometida contra la tormenta. Así pasé un tiempo que me pareció una eternidad, hasta que la tempestad empezó a amainar un poco. Entonces, logré posicionar definitivamente al velero en un rumbo más apropiado.

Sentí que habían pasado horas, cuando subió Federico.

—Baja ahora tú, me haré cargo. Toma algo caliente, ya me dijo mamá que no habías desayunado.

—Está bien —le contesté—. Parece que se está aplacando un poco, sigue corrigiendo el rumbo, no importa adónde, pero no dejes que escore demasiado. Y si se complica me llamas, ¿entendiste?

—Ve tranquilo, papá.

El compás del subir y bajar del ATOCHA sobre el oleaje se había hecho más acompasado. El clásico ruido de las olas al romperse sobre los lados de la obra viva del velero indicaba que la navegación ya era pareja.

Pedro se incorporó del sillón donde estaba, dejó su jarra de café y, asiéndose a la mesa, se dirigió a la mampara de la escalerilla.

—¿Qué haces? —le pregunté.

—Pues es mi turno, subiré a reemplazar a Federico.

—Quédate donde estabas o, mejor aun, ve a tu camarote. En un momento, termino de establecer la orientación e iré yo nuevamente. Más tarde irá Elis, que ya has visto cómo duerme.

—Sí, pero…

—Pero nada —lo interrumpió María—, el clima está mejor y podremos arreglarnos con Carlos Alberto, así que a obedecer, caramba.

Sin más, Pedro dejó la taza, se acomodó la ropa y se fue hacia el camarote. Antes de que llegara a él, le grité:

—Espera, Pedro, mira.

Le mostré el *GPS* y la posición del ATOCHA.

—Nos hallamos aquí, ¿ves? La tormenta nos arrastró bastante hacia el continente. Si no lo estamos ya, debemos encontrarnos muy cerca de las aguas territoriales de Sierra Leona. Si seguimos así, probablemente a la madrugada estemos próximos a las costas del complejo.

—Bueno, pueda ser que, para entrada la noche, tengas la forma en que amarraremos.

Mientras decía esto, hizo un gesto significativo con su cara. Gesto que no escapó a los ojos de María, quien, cuando Pedro cerró la puerta de su camarote, se acercó y preguntó:

—¿Entonces?

—Entonces, ¿qué?

—Bueno, que cuándo vais a decirme qué está pasando verdaderamente.

Me serví agua hirviendo en una taza, puse un saquito de té verde en ella. En otra taza, repetí la operación. Se la extendí y le dije:

—Siéntate.

A medida que le contaba lo que estaba sucediendo, ella comenzaba a mirarme un tanto consternada. Ya había terminado de referirle someramente toda la situación y ella me había dejado hablar sin proferir un solo sonido. Cuando callé, dio el último sorbo a su taza y me dijo:

—Mira, está bien todo lo que me has dicho y lo que has hecho. Tal vez lo intuía, aunque no imaginaba tal gravedad de la situación. De modo que la única que resta, ahora, saber de todo esto es Elis…

—Sí.

—Bueno, no le diremos nada. Ella, en un par de semanas, ya estará partiendo y no quiero que se vaya preocupada. Déjame ayudarte a pensar cómo arreglaremos las cosas. Sabes que amo a este barco pero, como tú dices, si es necesario sacrificarlo, lo haremos… Es una parte de nuestras vidas… lo quiero, sí, pero más quiero a los que se encuentran en él.

Por eso amaba a María. Siempre con su entereza, siempre hasta el final.

Cuando desperté de lo que fue el accidente en la carretera, me encontré tieso en una habitación blanca, inmaculada. Las ventanas, abiertas de par en par. Josefina, dormitando a mi lado. Mis ojos comenzaron a recorrer el cuarto, intentando comprender qué pasaba. Quise mover mis piernas y no pude, una de ellas colgaba de un arnés mientras una delgada cinta la tomaba de la cama. Tenía las manos pegadas a mi cuerpo; la izquierda, con dos líneas de delgadas manguerillas; la derecha, rodeada por un yeso que me impedía moverla. Algo me molestaba en la garganta y mis labios parecían abiertos. Intenté hablar y me asusté: no podía.

Sentí cómo mi corazón palpitaba cada vez más rápido, al tiempo que mis ojos se empezaban a nublar por las lágrimas. Qué me pasaba.

De improviso, entró una enfermera. Josefina se sobresaltó. Enseguida se levantó y se acomodó a mi lado. La enfermera salió corriendo y, al instante, entraron dos médicos. La enfermera llevó a Josefina hacia la puerta por más que ella se negaba.

Uno de los médicos me alumbraba los ojos con una linternilla y el otro colocaba una jeringa en los tubos. Sus voces denotaban tranquilidad, a pesar de que, para mí, todo era frenesí. Mi corazón comenzó a serenarse, y entonces uno de ellos comentó:

–Reaccionó bien, lo sedaremos y, si sigue así, más tarde retiraremos los aparatos.

Intenté hablar, decirles que María me esperaba, que debía avisarle que no llegaría.

Luego, una sensación de placidez me invadió y me dormí.

Cuando desperté nuevamente, todos estaban allí: Pedro, mamá, Josefina, Chelo, Vittorio y uno de sus niños. Me miraban y acariciaban, quise hablarles pero no lo logré. Las lágrimas corrían por mis mejillas, creo que les sonreí, y ellos dejaron de lagrimear.

Así fue no sé cuántas veces, sin poder decirles que María me aguardaba. De mis labios nada salía.

Una mañana, entró "la Mole" (así la había bautizado yo). Ella me higienizaba, me cambiaba y me rotaba de posición. Ese día, cuando terminó de peinarme, se acercó, me dio un beso y me dijo:

–Tranquilo, bebé.

Por la emoción del momento, creo que balbuceé una palabra. Ella se aproximó a mis labios, con su oído cerca de mi boca, y entonces le dije:

–Hola.

Se incorporó con una sonrisa, me acomodó el cabello y se quedó. Me sorprendí al escuchar ese susurro que había salido de mí. Seguí intentándolo.

–Estoy... mejor.

–Oye, chavalito, mira, estás recuperándote muy rápido, así que mejor te duermes y, para cuando venga la familia, los sorprendes, ¿sí?

Con una ternura que siempre recordaré, me arropó y salió de la habitación. Tanta calma en mi alma, que creo que por eso me dormí.

Abrí los ojos y allí estaban Josefina y mamá, una a cada lado. Las dos tenían mis manos entre las suyas, así que las asusté cuando se las apreté. Me llenaron de besos, y entonces hablé.

–Hola.

Los llantos de las dos eran evidentes. Josefina salió y regresó con Pedro. Ya envalentonado y con fuerzas, repetí mi hazaña.

–¿Cómo estáis? ¿Cuánto tiempo... pasó?

–No importa –me respondió mamá.

–Sí importa –insistí.

–Casi un mes –me contestó Pedro.

A partir de allí, y con el paso de los días, poco a poco me sentía con más fuerzas. Ya podía incorporarme en la cama, sentarme, beber. Cuando pude comunicarme con más fluidez, lo primero que pedí fue mi teléfono. Entonces, me explicaron que, después del accidente, no había aparecido entre los restos. Solicité un aparto nuevo e intenté llamar a María una y otra vez. Me daba que su teléfono estaba desconectado. Pensé que, debido al golpe, quizás yo no recordaba bien el número.

Ese día, que también llovía, Pedro vino a quedarse. Me contó acerca de la marcha de las cosas en el astillero y agregó que, como mi rehabilitación estaba muy avanzada, en cuanto lograra ponerme de pie, sin dudas, me mandarían a casa.

En un momento en que Pedro se había puesto a mirar por la ventana, lo llamé.

–Pedro, ven.

–¿Qué pasa, hijo?

–Siéntate a mi lado, ven. Mira, tenemos que hablar.

Pedro se bajó de la cama, en donde se había acomodado, trajo una silla y, como era su costumbre cuando se disponía a escuchar en confianza, se sentó al revés, apoyando sus brazos en el respaldar. Mirándome, allí quedó.

–Sabrás que los últimos fines de semana, antes del accidente, viajaba para verme con aquella niña. Tú lo dijiste, ¿te acuerdas?

–Sí, claro, cómo no acordarme, creo que mil veces quise tenerla enfrente, para culparla por todo esto.

–No, Pedro, no es así. Queríamos que las cosas funcionaran entre nosotros para poder compartirlo luego con sus padres y con vosotros. Tú sabes, un amor de vacaciones a veces es sólo eso, pero lo nuestro era más profundo.

–Si lo miras por ese lado, tienes razón. ¿Qué quieres que haga? –me preguntó.

–Ese día yo no iba muy rápido. Fue un accidente, verdaderamente. Un camión pasó a toda velocidad y el coche se desacomodó, se fue a la banquina. Al morderla, salió catapultado hacia el lado contrario. De allí en más, todo esto.

–Hijo, sé qué me vas a pedir y lo haré gustoso.

–No es tan fácil, Pedro. En toda nuestra locura por disfrutar de esto, con María, así se llamaba, sólo nos contactábamos por medio de los celulares. Ahora llamo, y no está conectado.

–Bueno, pero dime cómo haremos si no sabes dónde vive, más allá de que es de Portugal.

–Pues deberás ir al hotel de mis vacaciones en Mallorca, allí estarán los datos de ella, y rastrearla. Debe enterarse de qué es lo que me pasó, ya que si ella me ha estado llamando, le habrá ocurrido lo mismo que ahora a mí.

—Hagamos un trato. Tú te dedicas a salir rápido de aquí, yo me encargo de buscar a la doncella y, luego, vamos juntos a su encuentro para explicarle todo. Si te ha amado, seguro te habrá esperado y si no, perdona hijo, habrá sido un amor de verano.

IX

La noche se había vuelto a estrellar y una inmensa media luna estaba en lo alto. A lo lejos, empezaron a verse unas luces mortecinas. Dejé el timón en manos de María y bajé al comedor. Me fui directamente al *GPS* y sí, estábamos a escasas millas del continente, en aguas de Sierra Leona.

Tracé unas líneas para ver cuánto nos faltaba para llegar al complejo turístico, y me di cuenta de que debíamos navegar bastantes millas todavía, en paralelo a la costa. Una vez que logré establecer correctamente la posición, busqué en el cuaderno la frecuencia de la capitanía. Subí rápidamente a cubierta para advertirle a María.

–No temas, dentro de poco habrá un zafarrancho, intentaré destruir el equipo de la *PC* mediante un incendio eléctrico. Con los muchachos lo encontraremos, no te asustes.

–Por favor, ten cuidado.

–Mira, es indispensable que luego llamemos a Robinson, aunque primero pediremos ayuda a la capitanía. Por las dudas, abre ese cofre –le indiqué, señalando la parte baja, al costado del timón–. De allí, sacas el matafuegos y corres en nuestra ayuda cuando escuches el griterío, ¿sí?

–Te repito, ten cuidado.

Bajé presuroso por la escalerilla, cuando me topé con Federico.

–¿Qué haces, papá?

–Ven, ayúdame, necesito poner en corto todo el equipo. Es preciso que se prenda fuego este sector –le expliqué, señalando el lugar en donde se encontraba la *PC*–. Debe ser lo bastante convincente el hecho de que el fuego se originó en la parte de abajo de la mesa donde está el monitor.

–A ver, trae las herramientas.

Abrió las puertas de donde se encontraban las fuentes de alimentación, extrajo los fusibles y los reemplazó por gruesos conductores. Luego, fue al otro extremo, tomó de nuevo los mismos conductores y los conectó a un cable más largo.

–Ve a la bodega y trae una línea gruesa portátil que está sobre el anaquel del generador. Una punta la dejas allá y la otra la traes aquí –me indicó Federico.

Salí rápidamente por la mampara, casi sin tocar los escalones. Cuando regresé, Federico había colocado unos papeles debajo. Roció todo con un líquido gelatinoso y se acomodó.

–Detente –le dije–. ¿Dónde están las copias?

–En tu maletín, dentro de mi camarote.

–Bien, ¿y los matafuegos?

–Menudo olvido, sácalos de la cocina. Pero espera, ¿hasta dónde quieres llegar?

–Toda la *PC*. Perderemos algunos libros, pero… el sector completo.

–Entonces aguarda.

Tomó otro envase de una de las repisas y volvió a rociar.

–¿Qué es?

–Acetona, las muchachas siempre se la olvidan cerca de la PC. Muy bien, listo –dijo–. ¿Elis está en el camarote y el abuelo también?

–Sí.

–De acuerdo, vamos a hacerlo. Papá, sube y conecta los cables al generador. Después, baja.

Subí, una vez más. Llegué a la sala de máquinas y conecté los cables. Al fijar la segunda pinza al borne, este hizo un chispazo pero igual lo dejé puesto.

Salí corriendo. Para cuando llegaba a las escalerillas, un humo negro y denso surgía por la mampara. Federico gritaba a su abuelo y a su hermana que subieran a cubierta.

Al ingresar yo a la cocina, Elis ya estaba con un extintor en sus manos y Federico se lo sacaba.

–Dame eso, sube con mamá.

Pedro, en calzoncillos, miraba las llamas que empezaban a quemar los libros de la biblioteca. María lo acompañaba, abrazada a Elis.

–Fuera todos –grité–. María, pide auxilio por el radio portátil de la despensa de proa. Elis, ve con el abuelo y arría las velas, hija.

El fuego había achicharrado el monitor, la mesa de la *PC* se consumía lentamente.

–Bueno, hijo, a apagarlo.

La columna de humo se elevaba por encima del mástil de la vela mayor, el sector de la *PC* se encontraba carbonizado y la densa humareda había vuelto negra la parte de la cocina.

Mientras yo terminaba de apagar lo que restaba de las llamas, Federico se encargó de recolectar los gruesos cables que venían del cuarto de máquinas.

Negros y sucios, escuchábamos cómo María seguía pidiendo auxilio por la radio portátil. Respondió una voz en francés. Elis tomó el aparto.

La iluminación del ATOCHA se había apagado y, de improviso, los motores habían dejado de funcionar. Solamente las luces de posición, que eran de emergencia, estaban encendidas. Pedro se dedicó a sacar entonces las luces solares y las encendió una a una. Con la coloración mortecina que daban, agigantaban más el siniestro.

—Nos ubicaron y ya envían un navío desde el continente, me dijeron. ¿Qué pasó?

—Fue un cortocircuito —explicó María.

—Sí, esperemos el auxilio, ya que estamos al garete —dijo Pedro—. Es mejor que preparemos un cabo en la popa para que nos remolquen. Federico, a ver si podemos fijar el fuera de borda de emergencia; que te ayude tu padre a colocarlo, nos va a hacer falta para tener gobierno cuando nos remolquen.

A lo lejos, se vio una luz (débil, al principio, y, luego, con un poco más de fuerza) que se prendía y apagaba, en clara señal de aproximación.

—Son ellos —dictaminó Pedro—, allí viene la ayuda.

Pedro se sentía tan bien con el avance de mi recuperación, que ese mismo fin de semana partió hacia Mayorca. Se hospedó en el hotel y, al segundo día, ya estaba de amigo con el conserje. Le contó la historia, le mostró los recortes sobre el accidente y realizó el pedido.

Al caer la tarde, se estaba despidiendo de su nueva amistad. Voló de nuevo a casa y, sin esperar, esa misma noche se apareció por el sanatorio.

—Me han comentado que estás listo —me dijo.

—Sí, un día más, algunos controles y me echan a casa. Todavía no puedo caminar, así que tendré que seguir mi rehabilitación durante un par de meses pero, al menos, ya me paro, mira...

Hice el ademán de ponerme en pie pero Pedro lo impidió.

–No, es tarde, mejor mañana. Tengo algo para ti.

–¿Qué es? –pregunté al instante– Me dijeron que andabas ocupado.

Introdujo la mano en el bolsillo y sacó un papel que estaba cuidadosamente doblado. Cuando lo abrió, reconocí el membrete del hotel.

–¡La encontraste! –grité.

–Pues… no. Sólo su dirección en Portugal. Está el teléfono y…sugiero es mejor que llames tú, pero no hoy, tal vez mañana temprano. Ahora es muy tarde.

Pasé la noche esperando el alba y,cuando esta llegó, no veía la hora de que apareciera mi inmensa enfermera.

La puerta se abrió y la enorme masa de ternura y cariño dijo:

–Buenos días, bebote. ¿Cómo andamos?

–Escucha, Raquel, quiero que te quedes mientras hago una llamada de teléfono. Dame el aparato, por favor.

–Epa, apuradito el mocito. A ver, ten. ¿Quieres que te marque?

Le pasé el número. El sonido del aparato se presentaba en cámara lenta: una, dos y ya seis veces. Cuando ya estaba por colgar, alguien contestó.

–Hola, ¿quién allí? –se oyó una voz en portugués.

–Hola –dije tímidamente, también en el mismo idioma, que solía hablar casi fluidamente –, desearía hablar con María Demonte…, por favor.

–¿Quién?

Repetí el nombre, ya con temor.

–No, caballero, no es que esté equivocado. La niña vivía aquí, pero ya no. Hace unos meses decidió ir a vivir a Brasil, con sus padres. Parece que tuvo algún problemita y se mudaron todos hacia allá. Nosotros compramos la propiedad hace un tiempo y recién nos estamos mudando.

–¿Pero cómo sabe de ella?

–Pues… porque la señorita dijo que llamaría seguido por si llegaba correspondencia.

Al principio, una vez por semana; luego, algunas veces, pero ahora ya hace tiempo que no.

Mi garganta tenía un nudo, como en los primeros días cuando desperté.

–Gracias –apenas pude decir antes de colgar.

Cuando vino Pedro, me encontró descorazonado.

–Pedro, no están. ¿Y ahora?

–Ahora nos marchamos. Me ha dicho el médico que te vas a casa. Cada día y medio tienes que venir a ver a tu fisioterapeuta, él se encargará de ti. Por lo otro, dame tiempo y ya la localizaremos.

Pasó un mes más, en total siete desde aquel accidente, y comencé a desplazarme sin inconvenientes.

Por primera vez, descendí a desayunar sin ayuda del bastón. Mis piernas eran otra vez las mismas, mis brazos respondían plenamente y mi peso estaba en el de siempre.

Bajé los escalones de dos en dos, y se quedaron mirando. Mi madre me abrazó y Pedro vino junto a mí.

–Bien, listo para trabajar, Pedro. Así que hoy iremos juntos al astillero, basta de hacerme realizar el trabajo en casa.

–No, hijo, no. Ahora saldremos con tu madre. Tú preparas una valija por un par de días, y luego los tres nos tomaremos este fin de semana.

En ese momento, entró Josefina con Vittorio y los dos niños.

–Epa, guapetón, dame un abrazo, que tienes que pagar todas las lágrimas que gasté en ti.

–Hasta luego –dijeron mis padres.

—Ale, y no volváis tarde, nos llevamos a Carlos Alberto y lo devolvemos a la tardecita.

La cena transcurrió casi por completo en silencio. Estaban todos. Chelo me miraba y se reía, los demás bromeaban con alguna ocurrencia de los niños.

—¿Estás preparado? —me preguntó Pedro.

—Sí —respondí—. ¿No me vais a decir adónde vamos?

—Hijo, un Ortigoza siempre cumple lo que promete. Pero es un regalo y, como todo regalo, es mejor que te sorprendas.

Vittorio y Josefina nos llevaron al aeropuerto, nos saludaron y se fueron.

—Bien, aquí solitos —dijo Pedro—. Ven, vamos a hacer el *check-in*

Con las valijas, nos detuvimos en aerolíneas *VARIG*. Mis ojos se llenaron de lágrimas.

—¿La encontraste?

—No a ella, solamente a sus padres. Pero después de que hablamos varias veces, al fin accedieron a recibirnos. Les conté de tu accidente, de tu recuperación, de que todo sucedió el día en que ibas dispuesto a hablar con ellos acerca de tu relación con María. Bueno, nos esperan. Pero también aclararon que nada le dirían a María, que no se encontraba en condiciones de recibir este tipo de noticias. Preguntamos si estaba enferma y se mostraron recelosos en cuanto a entrar en mayores detalles, de modo que deberás estar preparado.

Mi cabeza no cesaba de dar vueltas, me imaginaba cantidad de cosas. No podía razonar que, después de tanto tiempo, alguna enfermedad me impidiera verla. Después de todo lo que había pasado yo, ahora ella. Que luego alguien viniera a decirme que el destino no era cruel.

El aura del amanecer ya estaba en todo el arco del horizonte. La sirena de la patrulla hacía un rato que se dejaba sentir, con su estridente aullido.

En la popa, tres marineros hacían señales y uno de ellos lanzó un cabo, fino pero resistente. Su chimenea dejó de tirar gases en cantidad y un débil ronroneo la hizo emparejar a la borda del ATOCHA.

Con la calidad de un experto, los dos marineros ataron sendos cabos por la popa y la proa, logrando que los dos navíos quedaran a la par. La quietud del mar ayudaba para que, en el lento oscilar, los marineros no tuvieran problemas en tirar una planchada flexible que ellos mismos, al pasar, aseguraron en nuestro navío.

Un correcto oficial se presentó en francés. Le contesté y llamé a Elis para que nos tradujera. Me hizo señas con la mano y dijo:

—No, no hace falta. También puedo hablar español. Veo que habéis tenido un incendio.

—Sí —contesté—, toda la cabina de la radio, el *GPS* y el ordenador de a bordo.

—Bien, os remolcaremos a puerto. Mientras mi personal se encarga de las maniobras, ¿seríais tan amables de ir dándome la documentación de la embarcación, vuestros pasaportes, así agilizamos las cosas en el puerto? Me imagino que repararéis los inconvenientes y esperaréis. ¿O dejaréis la nave y regresaréis por otro medio?

—Vea, oficial, quisiéramos llegar a puerto y ver la gravedad de la situación. Allí, determinado esto, decidiremos qué hacer, si bien nuestra intención más inmediata es solucionar los problemas.

María le dio los pasaportes. Al ojearlos, quedó pensativo. Luego, cuando recibió los papeles del ATOCHA, exclamó:

—¡Pero claro, sois vosotros!

Nos miramos, entre todos, extrañados.

—Los Ortigoza Porta, del astillero Cambrils. Sois constructores de navíos de recreación.

—¿Pero usted cómo sabe? —se sorprendió Elis.

—Pues… mi padre es capitán de un buque mercante. No hace mucho, él me mostraba una publicación de Barcelona, en donde vosotros festejabais vuestros 50 años, y de allí os reconocí. Pero bueno, basta de conversaciones, os llevaremos hasta el puerto. Vosotros encargaos de buscar una amarra de cortesía que, seguramente, se pelearán por brindaros y, mientras tanto, disfrutáis de nuestras playas.

Me dije que las cosas no podían estar saliendo mejor.

Llegamos al puerto ya entrado el mediodía, el sol parecía querer romper todo lo que se interponía entre él y la tierra. Nos acomodamos en un hotel de la ciudad, después de que el capitán dejara un guardia en el ATOCHA.

—Mañana vendrá un oficial a tomarle declaración sobre el siniestro para su seguro. No pediremos un perito, ya que se ve a las claras que ha sido un cortocircuito en el sistema. Así, podréis poneros a trabajar rápidamente.

—Gracias, entonces nos veremos aquí, mañana temprano.

—Por nada, el caballero os llevará hasta el hotel. Es cortesía de la capitanía, me han dicho.

Entonces, me dirigí a María.

—A ver cómo te luces.

Tomó el teléfono y marcó los números que leía en un papel.

—¿Robinson? ¿Es usted?

Del otro lado de la línea:

—¿Quién es, qué sucede?

—Soy María Demonte de Ortigoza.

—Señora, dígame que no os ha pasado nada.

—Lamentablemente, tuvimos un accidente en alta mar y debieron socorrernos.

—No habréis tenido un encuentro con bandoleros —exclamó.

–No, un incendio a bordo. Perdimos nuestro sistema de navegación y demás.

–Qué fatalidad, indíqueme en qué puedo ser útil.

–Pues Carlos Alberto es muy testarudo y no aceptará ayuda de nadie. Él quiere esperar a que venga gente de nuestro astillero. Pero, en el mejor de los casos, eso sucederá recién en una semana, con lo cual me temo que deberemos dejar de lado nuestro viaje.

–De ninguna manera. Yo hablaré con Carlos Alberto para decirle que me enteré de lo sucedido. Que no toque nada. Personalmente, me encargaré de solucionaros el problema. Quédese usted tranquila, que en la mañana tendrá noticias mías.

–Le agradezco enormemente. No vaya usted a pensar que es una infidencia, pero le agradecería que no trasmitiera a mi esposo que lo molesté.

–De ninguna manera, señora. Usted contará con el silencio de un caballero.

Miraba a María por la forma en que se había comportado y cómo había conducido a Robinson. Intenté una mueca o un gesto, pero sólo atiné a darle un beso.

A la mañana, Pedro, Federico y yo descendimos de un auto, propiedad del hotel. Nos extrañó ver tres vehículos militares en el muelle. Cuatro personas, con maletines, se encontraban mirando al ATOCHA cuando apareció el capitán de la patrullera.

–Señores –se dirigió a nosotros y, con una venia, a los demás–, os comento que los oficiales aquí presentes se encuentran para revisar el navío siniestrado.

–Sí, pero usted nos había dicho...

–Sí, sí, no tiene nada que ver con eso, por favor.

Extendió la mano y uno de los cuatro le entregó un papel. Doblado, así como estaba, me lo entregó a mí. Lo desplegué y empecé a leer.

"Estimado Carlos Alberto: me imagino que estará pasando momentos problemáticos. Me ha decepcionado por no solicitar mi ayuda, como yo lo hice en su momento.

Sin embargo, deseo retribuirle su dedicación. Para ello, le envío a los profesionales del Ejército de Sierra Leona, quienes le solucionarán de inmediato los inconvenientes.

Mi amigo, el General *Wevo*, me hará llegar la lista de los repuestos necesarios que luego yo le mandaré a la brevedad. Espero poder estar con ellos en el día de mañana.

Atentamente, su dilecto amigo Robinson."

–Bueno, parece que tenemos ayuda. Abordad, caballeros.

Me dirigí entonces al capitán.

–¿Podría decirles usted, capitán, que queremos revisar con ellos los daños?

–Por supuesto.

En francés, habló con los cuatro oficiales.

Bajamos todos hasta la cabina y empezamos a mirar. En realidad, se nos había ido la mano. Los destrozos parecían más grandes de lo que habíamos visto en la noche.

Se sacaron las chaquetas y empezaron a juntar las cosas. Las llevaban a cubierta y todos ayudábamos, bajo la atenta mirada del capitán. En determinado momento, uno de ellos alcanzó la caja del periférico de seguridad, lo desconectó, lo observó y habló algo en francés mientras se lo mostraba a los restantes.

–¿Qué ocurre? –interrogué al capitán.

–Ellos preguntan qué es esa unidad.

Lo miré a Federico y él se acercó.

Tomó el aparato, lo miró.

–No sirve, habrá que reemplazarlo –dictaminó.

–¿Pero qué es? –insistió el capitán.

–Un receptor de archivos periféricos –explicó Federico–, es de seguridad. Se activa en estos casos o cuando alguien, extraño al sistema, realiza copias sin introducir la contraseña correcta. Pero el incendio lo ha destruido. Deberemos sustituirlo, con el resto del equipo. No hay nada utilizable. Así que será mejor tirarlo todo.

–Bueno –dijo Pedro–, en ese caso, por qué no nos vamos y dejamos trabajar a esta gente en paz.

–Sí, será mejor.

Luego, dirigiéndome al capitán, le manifesté:

–¿Podría decirles que me hagan saber si necesitan algo? Regresaremos al atardecer, usted sabe dónde nos hospedamos.

Dicho esto, saludamos desde lejos a los cuatro hombres que estaban hablando entre ellos y salimos de la cabina. Sentí que respiraba mejor. Abandoné de prisa la cubierta y les pedí a Pedro y a Federico que hicieran lo mismo.

Hacía ya un día que el ZARATUSTRA había salido de Cabo Verde y navegaba a toda máquina. Su rumbo era perpendicular hacia el continente, ya que esas eran las órdenes que había dado Robinson, unas pocas horas antes.

La caza del ATOCHA había empezado. Esperaban darle alcance cuando llegaran a las aguas de Sierra Leona aunque, por el momento, no habían ingresado a la zona de dominio de Guinea, en donde no eran bienvenidos. Por eso, el nerviosismo del capitán.

En el camarote, Gilberto se encontraba recostado contra el espaldar de la cama. Las esposas lo sujetaban a ella por sobre el travesaño que formaba el respaldo.

Gertrudis, al lado de él, miraba su pene erecto y, cada tanto, lo acariciaba. A pesar de ser una mujer ruda, le llamaba la atención tamaña proporción del miembro del brasileño.

Gilberto sabía que, si había una posibilidad de escape, debía soltarse de esa prisión, reducir a la mujerota y saltar al mar. No le importaba cómo ni si se salvaría, pero se daba cuenta de que, si permanecía allí, moriría y, antes que nada, estaba el vacío.

El ruido del picaporte los sobresaltó a los dos. Enseguida, Gertrudis tiró la sábana y una frazada sobre el cuerpo de Gilberto. Al momento, entró el capitán.

–¿Y, Gertrudis? ¿Ya está?

–Capitán, puede que esté, pero si me da unas horas más, por la mañana lo tendrá bailando para usted.

–Mira, al amanecer lo mandaré a buscar. Espero que lo logres. ¿Qué hace ahora?

–Todavía está débil, en cuanto despierte le hago avisar.

Miró con desprecio al brasileño y salió mascullando improperios.

Gertrudis se acercó a la puerta del camarote y puso la traba. Se sacó los bermudas, las inmensas calzonetas y, de un tirón, dejó desnudo otra vez a Gilberto.

–Ah, no, guapote, así no –dijo cuando vio que la cosa no estaba como ella quería.

Empezó a frotar con las manos el miembro de Gilberto y se subió de rodillas en la cama. Se puso sobre él y, cuando se sintió penetrada, comenzó a moverse con frenesí.

Gilberto intentaba soltarse de las esposas, hasta que las manos empezaron a sangrarle.

–Espera –gritó–, suéltame del espaldar y vuelve a cerrar, si quieres, las esposas. Si no, no podré.

La mujerota, ya presa de la lujuria, metió la mano en el bolsillo de la camisa, sacó las llaves, lo soltó y volvió a cerrar las esposas. Con un solo movimiento, se arrancó la camisa y sus enormes pechos quedaron al aire.

Gilberto, con las manos arriba pero esposadas, trataba de reprimirse lo más que podía, mientras Gertrudis seguía moviéndose. De pronto, como si un temblor tomara todo su cuerpo, dejó de jadear y comenzó a retorcerse. Mientras esto sucedía, Gilberto no aguantó más.

La mujerota se extendió sobre el pecho de Gilberto a medida que disminuía su jadeo.

Con un suspiro largo y entrecortado, empezó a incorporarse y a hacerse a un lado sobre la cama. Fue al unísono, ya que la reacción de Gilberto no se hizo esperar. Le tiró las manos sobre el cuello y se aferró a su espalda. Gertrudis quedó presa de una llave inviolable. Gilberto apretó sus rodillas contra la espalda de Gertrudis. Las manos le sangraban a medida que la mujer tosía y se ahogaba, producto de la falta de aire. Como si fuera el final del éxtasis, Gertrudis quedó inmóvil.

A Gilberto le costó dejar caer el inmenso cuerpo al piso. Se incorporó despacio y, por las dudas, tomó la caja de jeringas y el envase. Llenó la hipodérmica y se la incrustó en el cuello. No hacía falta, Gertrudis ya no respiraba.

Comenzó a revolver todo en el camarote hasta que encontró ropa limpia. Se vistió apresuradamente, mientras pensaba. Buscó y buscó. Por fin, halló el tesoro que lo calmó: un salvavidas naranja con silbato y luz, además de una pequeña bolsa de supervivencia, de color amarillo.

Reflexionó y tomó la decisión: tenía que subir una cubierta, la escalerilla y después el vacío, el mar y, seguramente, la noche.

El hombre llegó temprano en la mañana. Su secretaria se extrañó, más aún cuando pasó raudamente y le dijo:

—Luisinia, a mi despacho, por favor.

Diligente, ingresó, cerró la puerta y quedó a la espera.

—Tome nota. Deberá conseguir un pasaje de ida a Marruecos para mañana. Luego, haga una transferencia a mi nombre al banco que está en este papel, pon la suma indicada.

Reserve dos pasajes abiertos a mi nombre para el mismo día o el siguiente, desde Marruecos a Río. Cuando tenga todo esto, me ve y, a partir del momento en que me vaya, dice que salí en viaje de negocios. Yo la llamaré.

Salió la secretaria y el hombre se quedó pensativo.

En realidad, no podíamos estar distendidos. La única que se hallaba feliz y disfrutaba de la piscina del hotel era Elis. Nosotros estábamos esperando una llamada, no sabíamos si se concretaría, pero la esperábamos.

En la cena, casi a los postres, una voz muy conocida nos saludaba desde la entrada.

—Amigos míos, ¿cómo estáis?

Robinson.

Qué inesperado para nosotros, suponíamos que recibiríamos una llamada y el hombre aparecía así, sin anestesia, en esta operación que congelaba nuestras almas.

—Qué sorpresa —atinó Pedro.

—Os dije que vendría, pero… si no me tenéis fe –contestó sonriente.

—Gracias por todo lo que hace, en verdad le estamos muy reconocidos.

–Por nada. Ya los profesionales me enviaron las cosas que necesitaríais. La mayor parte la adquirieron aquí, pero tuvieron problemas con un aparato, per... peri...

–Periférico –acotó Federico.

–Ese mismo.

–Me costó conseguirlo pero lo traje en persona.

–Bueno, en realidad pensábamos reemplazarlo en casa, no es tan necesario para nosotros en lo que resta de la navegación. Es un artefacto que Federico siempre usa en sus *PC* particulares, pero ya le he dicho que en el velero no tiene sentido.

Robinson se nos quedó mirando como si intentara descubrir algo en nosotros.

–De todos modos, yo lo traje.

–Muchas gracias –le dijo Federico–, lo instalaremos y veremos si podemos recuperar la información que tenía el que se quemó.

Iba a mirarlo, como para decirle que qué estaba diciendo, cuando Robinson le contestó.

–Mira, muchacho, no creo que de allí saques nada. Está totalmente destruido, no podrás obtener ni una coma de la información que deseas.

Tras esto, se agachó, buscó en su maletín y sacó una bolsa de nylon color azul.

–Pero mira, si quieres conservarlo como un souvenir, aquí te lo doy.

Pedro soltó una carcajada y los demás lo imitamos.

–Mozo, champaña –pidió Robinson.

El corazón le palpitaba a mil por hora. Gilberto se acercó para abrir la puerta unas diez veces. Pensó en que sólo tendría una oportunidad. No lo dudaría, saldría y se arrojaría al mar sin titubeos.

Tomó el picaporte, su corazón pareció detenerse. Lo accionó, abrió la puerta y salió. Cuando hubo cerrado, el ruido de la puerta se le asemejó a un cañonazo que se escuchaba en todo el barco. Miró el fondo del pasillo y comenzó a caminar. Cada paso, un latido de su corazón. La sien, a punto de estallar. Sentía que su respiración hacía un ruido inmenso. En los instantes en que se detenía para observar, parecía que se interrumpían los latidos. Transpiraba profusamente, su olfato percibía olores desconocidos hasta entonces.

Al fondo, vio la escalerilla. Tomó el pasamanos al tiempo que su corazón se paralizaba. Pasos, desde el final del corredor. Miró y no supo cómo reaccionar. Giró, considerando la posibilidad de volver al camarote, pero no, no habría otra oportunidad.

Pensó en subir de improviso y arrojarse ya al mar. Los pasos se volvieron más nítidos y, por el pasillo del fondo, dos sombras pasaron de largo hacia otro pasillo. Los taconazos ascendiendo por la escalerilla metálica le devolvieron los latidos.

Sin meditarlo más, subió los escalones que lo separaban de la segunda cubierta. Ya desde allí, en la baranda de la borda del buque, se podía ver el mar.

Salió a la galería de la borda. El viento frío lo hizo reaccionar. Unos metros más adelante, algunos *palets* con bultos lo protegerían. Sería mejor tirarse lejos, por la popa.

De pronto, vio un salvavidas redondo con un cabo amarrado a él. Reflexionó, su mente se iluminó, lo tomó, soltó el cabo y lo dejó caer. El salvavidas llegó al agua y empezó a saltar sobre las olas. La cuerda sólo alcanzaba para llegar al agua. Allí lo dejó y se dirigió hacia la popa. Cubierto por las sombras de la noche, se animó a seguir.

Cuando por fin llegó, buscó dónde esconderse. Miró en derredor y nada encontró. Ya perdía las esperanzas y estaba dispuesto a saltar. Entonces divisó una soga delgada.

La ató fuertemente a la barandilla y la soltó. No llegaba al agua, pero igual bajaría por ella.

Su cuerpo ya hacía lo que él quería, sus fuerzas parecían sobrehumanas, nada le costaba.

Se observó las muñecas lastimadas, sus palmas empezaban a sangrar.

Llegó hasta el vacío que hacía el eje del timón. El ruido ensordecedor de las propelas a toda máquina lo aturdían, pero ya no desesperaba. La espuma que dejaban las hélices lo llenaban de espanto. El solo pensar que, de arrojarse, sería revolcado por esa turbulencia, le impedía evaluar la situación con tranquilidad.

Entonces se acordó de Río, su ciudad natal, del mar, del windsurf, de todas las locuras que solía hacer en las aguas y se tranquilizó. Quedó acurrucado vaya a saber cuánto tiempo.

Un trueno lo sacó de sus pensamientos. Miró: la noche estaba estrellada. De pronto, otro trueno más y una estela de agua que emergía más allá de la popa del buque.

Pareció que las máquinas tomaban más fuerza. El buque giró sobre su lado, en un ángulo de casi noventa grados. En ese instante, se dio cuenta de que la estela que dejaba disminuía. Ni siquiera lo dudó: se arrojó con todas sus fuerzas al mar.

Al principio, se hundió sin detenerse. La fuerza del vértice de las olas que dejaban las hélices lo hizo dar vueltas. Cuando ya sus energías flaqueaban y sus pulmones parecían estallar, consiguió patalear hacia arriba. No daba más; su corazón, que latía como una locomotora, empezaba a disminuir su ritmo. Una patada más, una brazada más, ya no conseguía pensar. El envión final lo encontró sin fuerzas y, cuando se abandonó a su suerte, el mar se abrió. El cielo, el aire. Los pulmones, que le dolían por el esfuerzo de juntar aire. Se ahogó con la primera bocanada. No le importó. Pataleó una vez más y respiró, tosió, vomitó, todo junto, mientras el salvavidas lo empujaba boca arriba.

Nunca antes el cielo con las estrellas se le había presentado más bonito. Miró y el barco seguía alejándose con el infernal ruido de sus motores al máximo. Ya no temblaba, sus manos parecían acalambradas. Se abandonó al mecer de las olas y se desvaneció.

Cuando despertó, estaba en un catre con dos personas a su lado. Quiso incorporarse pero lo sujetaron con fuerza. De pronto, uno de ellos tomó sus muñecas y las ató con una venda a la barandilla del catre.

–No –gritó–, por favor, otra vez no...

Uno de los dos presentes lo inyectó y el mundo comenzó a dar vueltas. Se relajó, se dejó ir y se durmió.

El capitán salió de su camarote gruñendo y maldiciendo. Los cañonazos de advertencia le indicaron que se estaban acercando a las aguas territoriales de Guinea. Siempre sucedía: tenían la particularidad de reconocer su señal en el radar y salían a advertirlo.

Llegó al puente y ordenó:

–Viren noventa grados, hay que alejarse ya. Vamos, vamos, a toda máquina.

–Capitán, estamos a dos millas, según el *GPS*.

–¡Dos millas que no les importan a ellos! ¿Es que no has navegado nunca conmigo, infeliz?

Se puso un habano en la boca y empezó a masticarlo. A lo lejos, se veía un punto negro que navegaba en sentido transversal al curso que ahora tenía el navío.

Ya más calmado, interrogó:

–¿Dónde está Casillas? Pero no, mejor iré yo. Cuando aparezca, que vaya a la bodega con la cámara, y que dos más vengan conmigo a buscar al brazuca.

Llegó al camarote y giró el picaporte. No abría. Golpeó con toda la fuerza de sus puños.

–¡Gertrudis, abre, coño!

Nada. Al momento, estaban los dos marineros.

–Traed la llave del puente. Mierda, qué pasa –masculló.

Una vez con la llave, abrió. Lo que encontró, lo paralizó. Ingresó y observó. Buscó en el baño, y nada.

Gertrudis, semidesnuda, morada, con una mancha negra en el cuello, lo miraba con los ojos fuera de órbita. Sus grandes senos eran dos bolas de grasa que rozaban el piso. Arrodillada, con el cuello en una posición extraña, mirando hacia atrás.

Con odio, le propinó una patada que la desparramó por el suelo y gritó:

–¡Buscad al brazuca! ¡Lo quiero vivo! ¡Todos, ahora, ya!

La cubierta se transformó en un campo de combate. En un momento, alguien dio la voz de alerta.

–Capitán, aquí.

Fue lo más rápidamente que pudo a la baranda de estribor, donde el marinero levantaba un salvavidas. Todos miraban por la borda sin llegar a divisar nada. En ese instante, otro marinero que venía a la carrera desde la popa le dijo al capitán:

–Hay una cuerda atada a la baranda de popa, señor. Julián está yendo a ver si no se ha escondido en la propela, señor.

–Que lo busquen de dos en dos, no descanséis hasta encontrarlo.

–¿Qué haremos con Gertrudis? –preguntó Casillas.

–Pues si no aparece el brazuca, te la haré comer toda a ti solo.

Dio media vuelta y se fue al puente. Encendió el habano y comenzó a fumarlo, lanzando grandes bocanadas de humo.

—Robinson me matará, debo pensar —dijo, sin advertir que estaba hablando en voz alta.

—Señor, para usted.

Le acercó un papel.

"Abortad la caza del ATOCHA, paquete encontrado y destruido, proseguid a Luanda.

Deshaceros de cargamento procedente de Brasil."

Respiró profundo. Al menos, si lo encontraba, tendría vía libre para hacer desaparecer al brazuca. Y, si no aparecía... quién podría sobrevivir sin agua ni alimentos más de tres días en el mar, a casi treinta o cuarenta millas de la costa. No iba a llegar vivo. Se tranquilizó, puso sus manos en cruz sobre la cabeza, rió a carcajadas.

El vuelo había tocado pista a la hora señalada. Mi corazón ya no sabía a qué ritmo latir. Mis padres descendieron primero y yo debí aguardar a que una pareja de ancianos lo hiciera.

Pasamos la aduana sin problemas, más allá de haber tenido que esperar un buen tiempo por nuestras valijas. A la salida de la terminal, un hombre de tez morena, con traje oscuro y lentes más oscuros todavía, portaba un cartel que, en grandes letras, decía:

"FAMILIA ORTIGOZA PORTA"

Me acerqué a él y me di a conocer.

—Permítame, señor. Tengo orden de llevaros directamente a la residencia de don Demonte.

—Muy bien, caballero, lo acompañaremos.

—Dejadme que os ayude con el equipaje.

Al momento, tomó el carro con las valijas y nos precedió en el camino. Subimos al auto, mientras él colocaba los bultos en el maletero.

Toda la visión era digna de un paraíso, los morros competían con la belleza del mar azul. La impecable carretera, atestada de vehículos, era rápida. Mi cabeza estaba en blanco, cada tanto miraba los ojos de mi madre y el ceño fruncido de Pedro.

El chofer, inmutable, sólo rompió el silencio para decir:

–Estamos llegando.

El paisaje de la carretera había cambiado por uno con grandes casonas, amplios jardines y arboledas por doquier. De un momento a otro, el pavimento pareció estrecharse y un gran portón de rejas finamente ornamentadas se presentó ante nosotros.

El chofer accionó un control remoto y el portón comenzó a correrse hacia uno de los lados. Ingresamos por un camino ripiado de color ladrillo y, al fondo de un parque profusamente adornado de flores, estaba la casa. A los pies de la amplia escalera de ingreso, reconocí a los padres de María.

Mi corazón ya no latía, era más bien un reactor como el del avión en que habíamos viajado. Mis padres descendieron y se detuvieron frente a ellos. Se saludaron con un efusivo abrazo, como si fueran grandes conocidos. Yo me había quedado atrás. El padre de María se acercó, me miró y me extendió la mano.

–Nos volvemos a ver, muchacho –su voz no denotaba dureza, sino más bien emoción.

Miré a Pedro y este sonrió, una expresión de tranquilidad me llegó desde su cara.

La madre de María me observó detenidamente, caminó dos pasos y me dijo:

–Carlos Alberto, hace sólo un par de horas que hablé con María acerca de esto. Te pido que comprendas, cualquiera sea la situación.

Me dio un beso y me estremecí. Es que acaso María estaría tan enferma.

No logré esperar más y empecé a subir las escaleras. No me importó ser descortés ni nada por el estilo. La puerta estaba abierta e ingresé.

El amplio estar era altísimo. En el fondo, una escalera de dos sentidos que se unían en el medio para hacerse una sola y derivarse a cada uno de los lados. Todo su contorno, protegido con balustres de caoba, finamente torneados.

–Por favor, ¿dónde está? –fue lo único que logré preguntar.

–Pasad a la sala. *Giovanella*, la hermana, ha ido a buscarla.

Nos sentamos y, sin darme cuenta, quedé de espaldas a la puerta de ingreso. Los minutos se me hicieron interminables. Mis padres comentaban sobre el viaje cuando, de pronto, enmudecieron.

Mi corazón, literalmente, se detuvo. Me levanté, cerré los ojos y giré. Al abrirlos, estaban tan bañados en lágrimas que todo era borroso. Pasé mis manos por ellos y, cuando las hube enjugado, la vi.

Sí, la vi. El cabello suelto, los ojos colorados por el llanto, las mejillas rosadas. El vestido, fruncido a la altura de sus pechos, marcaba su vientre, su delicado vientre. Ya no pude más, crucé los cuatro pasos que me separaban de ella, y la abracé.

No sé con exactitud cuánto tiempo permanecimos así, nuestros latidos eran uno solo. Fue la mano de su padre la que nos volvió a la realidad.

–Mis queridos, nosotros ya hemos hablado, como padres que os queremos. Ahora, es el turno de vosotros. La madre de María ya le ha contado todo a ella –agregó mirándome–. Quedaos solos y, cuando estéis listos, os esperamos en el jardín.

Todos se encaminaron a la salida y, en ese momento, me di cuenta de que el mundo no sería más el mismo.

Que, sucediera lo que sucediera, nada se podría interponer en nuestras vidas.

Lo demás, puro cuento de hadas. La boda, el nacimiento de Elis y una vida por delante.

Gilberto despertó pero esta vez no sintió sus manos amarradas. Se incorporó y se dio cuenta de que estaba en tierra. Una enfermera entró y le habló en francés. Al advertir que no comprendía, salió en busca de alguien más.

Después de unos momentos, llegaron tres personas y le comentaron que había sido rescatado del mar por una cañonera del gobierno que patrullaba las aguas territoriales.

Que primero habían pensado que sería un marino desertor del barco pero que luego, como hablaba en sueños y llamaba a su padre, lo habían traído al hospital.

Gilberto relató de punta a punta todo lo que había sucedido. Pidió, por favor, que le permitieran llamar a su padre por teléfono.

El hombre, con el cutis desalineado porque no se había afeitado en la mañana, esperaba la llamada. Estaba dormitando en el sillón, cuando la chicharra del teléfono lo despabiló.

—Hola, ¿qué ocurre? —su tono era grave.

La voz metálica le ordenó:

—Tome lápiz y papel.

—Primero, el video. No he recibido ningún correo.

—Escuche, no habrá video. Usted pagará hoy y entonces le diremos dónde buscar a su hijo.

—Si no hay video, no hay transferencia.

Y cortó.

No llegó al sillón cuando de nuevo sonó el teléfono. Ni tiempo para hablar les dio.

–Mañana estoy en Marruecos, con el dinero personalmente. Si no veo a mi hijo, no entrego el dinero. Mi satelital es 345667878345 –dio por finalizada la comunicación.

Respiró hondo, descolgó el teléfono. Miró su reloj, pidió el coche y partió hacia el aeropuerto.

Gilberto llamó a la oficina de su padre. Allí, Luisinia le dijo que había partido hacia Marruecos. Gilberto le contó aceleradamente lo sucedido y la secretaria le dio el número del vuelo y la hora del arribo.

Estaba rodeado por personas de seguridad pero, aún así, miraba hacia todos lados.

La azafata se acercó cortésmente al pasajero que viajaba en primera clase.

–Señor Do Santos, el capitán de la aeronave dice que tiene una llamada personal en la cabina.

Se dirigió lo más rápido que pudo a la cabina y el capitán le cedió un teléfono.

–Hable.

La voz no le salía a Gilberto, su emoción hizo que sólo fuera un sollozo. Un oficial, a su lado, en correcto portugués, habló.

–Señor, soy el oficial de la gendarmería de Guinea. Con nosotros, está su hijo, Gilberto, que ha sido rescatado de manos de unos secuestradores.

El hombre dio un profundo suspiro y rompió a llorar. Se tomó la cabeza con las manos, no podía articular palabra.

–Hola, hola –repetía el auricular.

El capitán tomó el aparato y llamó a la azafata para que ayudara a sentar a Do Santos.

–Hola –era el capitán quien hablaba ahora.

–Aquí, el oficial de la gendarmería de Guinea –...y de nuevo la presentación.

Relató brevemente lo acaecido y le informó al capitán que el pasajero quedaba bajo su custodia. Que, al descender, debía presentarlo a personal de la Embajada brasileña que lo iba a estar esperando.

Amin estaba furioso.

–El padre de este brazuca quién se cree que es.

Tomó el radio y llamó.

–Con el capitán –ya gritó.

El capitán del ZARATUSTRA contestó.

–¿Ahora qué?

–El padre del brazuca no afloja. Mañana está en Marruecos con el dinero. Vuelo hacia allá, con un par de amigos, para intentar cobrar. ¿Hay noticias?

–Ninguna, desaparecido.

–Bien, ¿cuándo se lo informamos al Jefe? –preguntó.

–Ni hablar, primero hagámonos del dinero, y después lo rendimos. De lo contrario, seremos carnada para los peces.

–Ok, fuera.

Do Santos, tranquilo, se encaminó al automóvil que lo esperaba en la entrada del hotel. Ni bien subió, el satelital comenzó a sonar.

La voz metálica, nuevamente.

–Que los billetes sean de baja denominación, todos en una valija. Nos veremos en el puerto, en el depósito de color rojo, con el número 22. Si advertimos un movimiento raro, su hijo muere.

Do Santos ingresó al banco, se dirigió a la gerencia y, después de un rato, apareció con un maletín de dimensiones medianas. Antes de salir por la puerta giratoria, tropezó con un hombre, que casi puso la rodilla sobre el piso.

—Su móvil, señor —le dijo.

Antes de que Do Santos reaccionara, el hombre salió al exterior y él se quedó con el aparato. Cuando estaba subiendo el auto, el teléfono vibró. Miró y apretó el botón *"send"*.

—Siga derecho seis cuadras y después gire a la izquierda. Allí lo espera un utilitario, ascienda a él.

Y le cortaron.

El hombre que estaba acurrucado en el asiento delantero tomó el aparato y lo guardó en su bolsillo.

Seis cuadras, dobló y desembocó en un callejón sin salida. Se recostó en el asiento y el hombre que iba con él tomó su lugar. En ese momento, una trafic frenó y les cortó la salida. La puerta corrediza se abrió y hacia allí se dirigió el hombre, que ascendió sin protestar.

Tres hombretones lo tiraron sobre unas bolsas de arpillera y le arrebataron el maletín.

Cuando la *trafic* tomó por la calle lateral, dos coches se acercaron al que estaba estacionado en el callejón. Retiraron a Do Santos y partieron.

La *trafic* no había hecho más que un par de cuadras cuando una camioneta le cerró el paso. Quiso dar marcha atrás y dos automóviles no se lo permitieron. Al instante, varios gendarmes estaban abriendo la puerta del vehículo y sacando a sus ocupantes. Todo fue tan rápido que no se oyó ni un solo disparo.

Con las manos en la nuca y custodiado por los gendarmes, Amin salió de la *trafic*. Los otros ya estaban reducidos y partían en la camioneta.

El cuco de Sierra Leona terminó por ser el lugar más paradisíaco para nosotros. En la mañana del cuarto día de nuestra estadía allí, el ATOCHA ya estaba preparado para ser pintado. Federico probaba el equipo electrónico que funcionaba a pleno.

Después de almorzar, decidí buscar a Robinson para pagarle y agradecerle la molestia ocasionada.

–No, señor. El caballero Robinson se retiró anoche de forma urgente, debido a negocios que lo reclamaban.

–¿No sabe hacia dónde fue? Queríamos abonar los gastos por la reparación del navío –le dije.

–Dejó esta nota para usted.

"Queridos amigos, nos vemos en Sudáfrica. Avisad cuando lleguéis, así nos encontramos.

Atentamente, Robinson."

Cuando la vi a María limpiando la cubierta del ATOCHA y a Elis repasando el mástil de la vela mayor, una sensación de calma invadió todo mi ser.

Pedro venía caminando y silbando por la pasarela del muelle, como si el mundo estuviera rendido a sus pies. Un poco más atrás, cuatro obreros con mamelucos blancos le pisaban los talones. Pidieron permiso para abordar y, en cuanto nos descuidamos, estaban pintando el interior del velero mientras entonaban una melodía tribal.

Decidí salir del barco y dar un corto paseo. Más tarde, al llegar al hotel, vi a Pedro, a Elis y a Federico sentados a la mesa, cenando. Miré extrañado y pregunté:

–¿Y María?

–Cena en la habitación –me explicó Elis.

–¿Qué le pasa, sabéis algo?

–Bobito –y me guiñó un ojo–, cena de dos…

Pedro esbozó una sonrisa y Federico preguntó:

–¿Partimos mañana?

–Creo que sí. A media tarde, quizás.

—Bueno, esta vez, yo me encargo de la cena —se ofreció Federico.

—Noche de póquer, abuelo —le dijo Elis a Pedro, apretándole una mejilla.

Saludé y subí a la habitación.

Cuando entraba, María salía del baño envuelta en una toalla. Sobre la mesa pequeña, dos charolas de plata tapadas, platos, cubiertos, velas encendidas y una orden dicha en tono imperativo.

—A bañarse, que se enfría la cena.

Salí de la ducha con mi bata puesta y me enfrenté a María: camisón transparente, música suave, corpiño colgado de la llave de entrada y lo demás… a disfrutarlo.

Habían pasado dos días de navegación sin inconvenientes, todo era perfecto a bordo del ATOCHA, cuando Federico nos llamó a los gritos.

—Mira papá; mirad todos, venid pronto.

En la pantalla, leímos el encabezado en línea de un diario español.

"Desbaratan banda de secuestradores en la costa oeste de África"

En la portada, la foto del ZARATUSTRA. En el interior, junto a una columna, la foto de Amin y el hombre de blanco.

"INTERPOL continúa la investigación e intenta desbaratar la red compleja y entramada de…"

La nota seguía a cuatro columnas.

Enseguida, Elis buscó un periódico de Francia. Le Monde titulaba "En las ex colonias francesas, se encontraron vestigios de la banda…".

—Papá, mira esto —Federico me tomó de un brazo.

La prensa española también hacía mención de que los abogados de Amin solicitaban su excarcelación y de que en la próxima semana se decidiría.

–No lo puedo creer –comenté.

Ese atardecer, todos teníamos la amarga impresión de estar disfrutando de un viaje pero sin estar contentos. En verdad, era una sensación extraña.

A la noche, a la espera de que pasara una calma por demás pesada, con falta de vientos, todos dormían. Yo ni siquiera era capaz de percatarme de la belleza de esas horas.

Federico apenas me tocó la espalda.

–Oye, papá –me dijo–, creo que tengo algo para ti, nadie lo sabe.

–¿Qué es, hijo?

–Cuando hicimos la copia de los archivos, también copié un correo de Amin, que había quedado pegado, no sé por qué circunstancias. Pero recién, cuando lo eché a andar en mi *notebook* y lo abrí, apareció su contraseña.

–¿Cómo?

–Sí, seguramente apurado como estaba, olvidó cerrar su correo y, todavía no alcanzo a entender cómo, quedó pegada su contraseña.

Mientras decía esto, tenía su máquina sobre las rodillas.

–Mira.

Tipeó el correo de Amin, que enseguida se abrió.

–¿Ves? Hace dos semanas que no lo toca, debe ser el tiempo que lleva preso.

–¿Acaso estás pensando lo mismo que yo? –le pregunté.

–Pues, claro, por eso vine a mostrártelo. Lee, este debe ser el correo que mandaron al padre del brasileño.

Pusimos uno de los *CD* que contenía los archivos sacados del periférico, lo adherimos al correo de Amin y lo reenviamos a Do Santos. Lo mismo hicimos con la oficia de Interpol en Brasil.

–Una más –me dijo Federico.

Abrió la página del periódico español, buscó el correo del editor en jefe y adjuntó los archivos desde el correo de Amin. Terminado esto, me miró y me dijo, en un tono burlón:

–Mira, padre, yo no quiero más intriga en todo esto ni que nadie, a no ser nosotros dos, sepa lo que hemos hecho. Así que... ¿sabes una cosa?...

Sacó el *CD* del ordenador, lo juntó con los otros, los partió en dos y los arrojó por la popa.

–Además, me comprarás un ordenador nuevo.

Ni bien terminó esta frase, la *notebook* planeaba por la barandilla de la cubierta del ATOCHA.

Epílogo

Habían pasado tres meses. Elis se había quedado en Sudáfrica, ya que se reuniría con parte del grupo, que adelantaba la expedición. Pedro, como siempre, con su pipa y su taza de café. Federico, entusiasmado con una vieja amiga, Amira, que, al partir Elis, él invitó para terminar la travesía junto a nosotros.

En una de las paredes del comedor del ATOCHA, una página en primera plana.

"Descabezan completamente banda de traficantes, secuestradores...

Su cabecilla, un poderoso lord británico." Más abajo, como pie de página: "Regresan a Colombia dos estudiantes rescatadas de una casa de citas en Dakar.

Desciendo del ATOCHA, me encamino a una de las cabañas que están en las playas de Durban. Antes de entrar, tomo un sable curvo y me dirijo a la habitación, en donde me espera María.

Ciudad del Cabo, Mayo de 2013

índice